# ティル・ナ・ノグの棺の騎士

—ようこそ、愛しの婚約者どの—



紫　月　恵　里

E R I　S H I D U K I

一迅社文庫アイリス

CONTENTS

ミリエル・ノイエ
士官学校を卒業したばかりの少女。次期『暁の魔女』。英雄である先代『暁の魔女』を祖母に持つ。小動物のような大人しい印象の持ち主。幼い日の出来事から、自分には価値がないという劣等感を抱いている。
エセルバート・ブランデル
胡蝶隊副隊長。大鎌を武器に、サラマンダー(炎)の魔術を操る。その圧倒的な戦闘力から『煉獄の処刑人』と呼ばれる。赤髪長身。眼鏡をかけていて、右こめかみに火傷の痕がある。強引な性格だが、優しく繊細な一面もある。
Character Profile
The Knights of Tir na nóg Coffins -Welcome, my beloved fianc-
Presented by Eri Shiduki & Illustrated by Yuzuko Kumano

アルヴィン・シルヴェスタ
王弟の息子で、王太子候補のひとり。胡蝶隊隊長。ノーム（土）の魔術の使い手。冷静沈着。
レイ・フロスト
暁の魔女の直系の血を引く神官。デューク王子の側近。常に傘を手にしている。浮世離れした印象の持ち主。
フィル・アストン
胡蝶隊の隊員。双剣に風を纏わせて戦う、シルフ（風）の魔術の使い手。隊のムードメーカー。

**デューク・シルヴェスタ**
シルヴェスタ国の王子。王太子候補のひとり。母親は、隣国ハイランド王家の王族出身。

**ジェシカ・ノイエ**
ミリエルの祖母。先代の『暁の魔女』で、シルヴェスタ国の英雄。

## 用語

| | |
|---|---|
| 十 魔術 | ノーム（地）、サラマンダー（火）、シルフ（風）、ウンディーネ（水）の四大元素の魔力がある。魔術は限られた者しか使えない。 |
| 十 魔具 | 魔術を操る際の媒体となる武器のこと。銃、杖、剣などがある。 |
| 十 暁の魔女 | シルヴェスタ国における、魔術を扱う者の最高位。魔銃『暁の女神』に認められた者だけが、その地位につくことができる。 |
| 十 棺の騎士 | 一度死んでから蘇った騎士。不老で痛みを感じることもない。暁の魔女にのみ従う。 |
| 十 胡蝶《こちょう》 | 魔術を使える者だけで構成され、魔術を用いた戦いに特化した精鋭部隊。魔獣の掃討が主な任務。 |
| 十 シルヴェスタ国 | 大陸の南方にある国。国土に広大な樹海を擁するため、森の国とも呼ばれる。 |
| 十 ティル・ナ・ノグ | 古代に繁栄し滅びた伝説の国。高等文明や高等魔術を持っていたと伝えられている。 |

イラストレーション◆くまの柚子

The Kinetics of The Na Pump Coupling

常若の都の王が願いました

東の黎明《れいめい》からウンディーネのひとしずくの癒《いや》しを
西の黄昏《たそがれ》からシルフのひとふきの勇気を
南の 暁《あかつき》 からサラマンダーのひとかけらの強さを
北の宵《よい》からノームのひとにぎりの知恵を

此方《こなた》の国を侵すものは、魔女と騎士より聖なる裁きを

緑麗し、花咲き乱れる常春の都
ティル・ナ・ノグの都よ、我とともに永久《とこしえ》にあれ

――シルヴェスタ国・イーノス地方の伝承歌

# プロローグ

これは夢だろうか。

第二騎士団・胡蝶《こちょう》隊の詰所の冷たい石床に座り込んでいたミリエルは、いま目の前で起こった信じがたいことに、力が入らない足を叱咤《しった》してゆっくりと立ち上がった。

秋の柔らかな陽差しは静まり返った室内の奥まで届かず、ひんやりとした空気が身を包んでいる。

「大丈夫か？」

ふらついたミリエルを支えようと、すぐそばにいた赤銅色の髪の青年が真っ白な手袋に包まれた手を差し出してくるのにも目もくれずに、じりじりと後ずさる。

ともかく、この場所から一刻もはやく逃げ出したかった。両腕を抱え込むようにして扉に向けて踵《きびす》を返そうとしたが、しかしがくりとその足元がくずおれる。

「おいっ、ミリエル！」

青年のあわてたような声が耳に届き、貧血でも起こしたかのように、さあっと目の前が暗くなっていく。

（なんて最悪な日……！）

そもそも、今朝からいろんなことがありすぎた。現実から逃避してしまいたくなるくらいに。

意識を手放すその間際、視界の端に宝石箱の中身をばらまいたような色とりどりの棺《ひつぎ》が、まるで円卓のように整然と並んでいるのが見えた。

# 第一章　胡蝶の真実

見渡すかぎり深い森が続いていた。

広大な樹海を擁《よう》する大陸南のシルヴェスタは森の国とも呼ばれ、うっそうと生い茂る森のなかにまるで湖に浮かぶ小島のように外壁に囲まれた町が点在している。

ミリエルはその森の中にのびた王城へと続く道から外れ、緊張した面持ちで馬を巧みに操り、茂みのなかを縫うように駆けていた。

白を基調としたマントの下に着た、真新しい漆黒《しっこく》の騎士服を枝葉が引っかいたが、そんなことにかまっている場合ではなかった。

行く先から怒り狂った獣のような野太い咆哮《ほうこう》が響いてきて、常緑樹の葉がわずかに揺れる。同時に、かすかに人の声らしきものが聞こえてきた。

（やっぱり、だれかが魔獣に襲われてる！）

ミリエルはさらに手綱《たづな》をしならせた。馬が低くいないて、速度を上げる。落とされまいと、スカートの下にはいた膝《ひざ》までの丈のブーツに包まれた足先に力をこめる。

士官学校を卒業し、今日、城で行われる任官式に向かう途中で争う音を聞いた。とっさに走り出したのはいいものの、いまさらになってちらりと不安がよぎる。

腰に吊《つる》した白銀の銃にわずかに視線をやり、かるく首を振って、先を急がせる。

行く手を阻む茂みを飛び越えると、ぱっと目の前が開けた。突然明るい場所に出たせいか、一瞬目がくらむ。唐突にすぐそばで生臭《なまぐさ》い匂いがした。ぎくりと肩をすくませ、あわてて目を開けるのとほとんど同時に馬になにかがぶつかった。

落馬する、と思った時には秋特有の突き抜けるような真っ青な空が目に映った。とっさに頭を抱えこんでかばう。

落下した体の下で、木の枝が折れる音がする。再び耳を打った獣の咆哮に痛みをこらえて身を起こし目にしたのは、つい先ほどまで自分が乗っていた馬に向かっていく三本角の牛のような獣だった。その目は赤くただれ、口の端からは白い泡をしたたらせている。明らかに錯乱している様子だ。

「……っメーレ！」

声を押し殺して、愛馬の名を呼ぶ。体のあちこちが落馬した衝撃で痛んだが、かまわず腰に手をやる。

白銀の銃を手に取りかけてためらい、かわりにその隣の短剣を素早く抜き放った。

「『風の娘シルフ、そのひとふきをわが手に』」

素早く魔術の呪言《じゅごん》を口にすると、ミリエルの手にした短剣を中心に小さな竜巻が起こり始めた。竜巻に巻きこまれた木の葉が、風に触れてばらばらに切り裂かれる。

風の剣を構えて、馬を襲う獣の方に足を踏み出そうとしたその時。背後から、馬蹄《ばてい》の音が近づいてきた。

「そこのやつ、伏せろ！」

命令をし慣れた者特有のよく通る男の声が耳を貫き、ミリエルは反射的に茂みに身をかがめた。

「『炎の主サラマンダー、そのひとかけらをわが手に』」

次の瞬間、頭上をなにか高熱の塊《かたまり》が通りすぎた。体中にめぐる魔力がひっぱられるような力を感じてミリエルは息を飲んだ。

（魔術！）

ミリエルが身をかがめたまま、驚いて顔を上げると、獣が断末魔の声も上げられずに、あっという間に高熱の塊――真っ赤な炎に包まれていくのが見えた。そればかりか、炎はその周辺の草木にも燃え移り、あたり一帯を焼いていく。

「メーレ！」

足を痛めたのか、よろよろとその場から逃げ出す愛馬にとっさに駆け寄ろうとして、行く手を背後からやってきた騎馬に阻まれ、たたらを踏んで立ち止まる。

「近寄るな！　おまえも黒焦《こ》げになりたいか！」

先ほど注意を促した男と同じ声で怒鳴られ、ミリエルは悔しげに唇を噛んで馬上を睨みあげ、言葉を失った。

（炎の……鎌！）

馬の身幅ほどもありそうな刃渡りの大鎌を肩にかついだ騎士服の青年が、厳しい目でこちらを見下ろしていた。その鎌の刃は激しく燃えていたが、青年の頭の後ろでまとめられた赤銅色の長い髪は焦げることなく炎風に揺らいでいる。

魔術を使うには、魔具という媒体《ばいたい》武器を使用するが、ミリエルはいままでにこれほど大きな鎌は見たことがない。周囲を焼け野原に変えてしまうほど強い炎の魔術を扱うには、それぐらいの大きさが必要だ。

指先まで手袋に覆《おお》われ、肌が見えないほど一分の隙《すき》もなく漆黒の騎士服をしっかりと着込んだその姿はまるで、夕日の化身とでもいったかのように美しく勇壮で、ミリエルは状況も忘れて見惚《みと》れた。

炎の鎌に、騎士の服、そしてタイに刺繍《ししゅう》された蝶《ちょう》の意匠に、ふとひとつの名前を思い出す。

「――第二騎士団・胡蝶《こちょう》隊、エセルバート・ブランデル副隊長……！」

シルヴェスタ王国軍でも、もっとも名の通った人物のひとりだ。

炎の主サラマンダーの魔術の使い手、別名・煉獄《れんごく》の処刑人。

第二騎士団・胡蝶隊。そこに配属されている人物たちは、各騎士団から集められた精鋭ばかりなのだという。それもただの精鋭ではなく、魔術を使えることが条件のひとつにあげられる。

地火風水、四大元素の力を自在に操る魔術は太古の昔はだれでも使えたというが、いまではほんの一握りの者たちしか使えなくなってしまった。胡蝶のような魔術の精鋭部隊を持つのは、大陸に属する四つの国のなかではシルヴェスタだけだ。そもそも他国では一部隊を作れるほど魔術を扱える者がいない。

自然の力を味方につけるシルヴェスタに戦《いくさ》を仕掛けようとする国は皆無だ。だからこそ他三国の力は拮抗《きっこう》していて、現在のところは和平が保たれている。

他国よりも抜きん出た武力を誇るシルヴェスタだが、その力は他国へと向けられることはなく、胡蝶の任務は、あのたったいま炎に焼かれた獣――魔獣の掃討を主としている。

魔術を自在に操り、危険をもろともせずに魔獣を掃討して回る胡蝶は、新兵だけにかかわらず人々の羨望《せんぼう》と称賛を一身に向けられている。現在はたしか都に常駐していたはずだ。

ミリエルの呼びかけに、青年の険しい表情がさらにゆがめられたかと思うと、彼は馬から飛び降りた。

「髪が短いから、男かと思えば……女か」

険しい表情とは裏腹に納得がいったように呟《つぶや》いたエセルバートは、歩み寄りながら大鎌の炎を腕の一振りで消したかと思うと、ぶしつけにもミリエルの白金色の髪を一房手に取った。

「このあたりは魔獣が出たから、戒厳令が出されたはずだ。こんなところでなにをしているんだ。それにさっきのあれはシルフの魔術だな。どこの師団の所属だ」

髪をつかむ手を払いのけるのも忘れ、呆然《ぼうぜん》と立ち尽くしたまま威圧的な笑みを浮かべたエセルバートを見ていたミリエルは、詰問する声に我に返って背筋を正した。

「ほ、本日よりシルヴェスタ王国軍に士官します、ミリエル・ノイエと申します。城へ向かっている途中で魔獣の声を聞き、駆けつけました」

「ミリエル・ノイエ？　英雄の孫の『次期・暁の魔女』か？」

驚いたようにかるく目を見開き、ようやくミリエルの髪を放したエセルバートに、ミリエルはぎこちなく頷《うなず》いて緊張感をみなぎらせた。

英雄ジェシカ・ノイエ。

数十年前に起きた魔獣が大量発生した事件で、ほぼひとりでそれらを掃討したというミリエルの祖母だ。

シルヴェスタにおいて魔術を扱う者の最高の地位『暁の魔女』に就き、まだ衰えを見せていなかったというのに、突然退位をしたという逸話もある。

エセルバートは身構えたミリエルを気にもせずに懐《ふところ》をばたばたと探っていたかと思うと、ふいに目を細めてずいとその顔をミリエルに近づけてきた。

(近い、近い！　なんなの？)

逃げることも目をそらすことも無礼な気がして、ミリエルは躍る心臓を抑えつけ、努めて冷静を装いながら間近に迫るエセルバートの顔を見つめた。

目をこらすようにじっと見据えてくる双眸《そうぼう》は、黒だと思っていたがよく見れば濃い紫だと気付いた。端整な目鼻立ちだが、女性的ではなく清々しい印象を受ける。その体格も筋骨隆々といった感じとはほど遠く、先ほど大鎌を振りかざしていたのと同一人物だとは思えなかった。

ただ、右のこめかみから顎《あご》のあたりまで、火傷《やけど》の痕《あと》なのか、皮膚《ひふ》がひきつれていてなんとなく怖い、というか痛ましい。

「そうか、おまえ……ミリエル、か」

「あの……」

穴が開くのではないかと思うほど凝視されているという異様な状況に、ミリエルがようやく口を開きかけた時、視界の端をすい、となにか光が横切った。

おもわずそれを目で追ったのと同時に、複数の馬蹄の音が近づいてくるのが聞こえた。

「副隊長！　エセルバートの兄貴！　魔獣を追っかけて先に行ったと思ったら、なにやってんですか！」

現れたのは、エセルバートと同じ騎士服を身に着けた数人の男たちだった。そのなかでも一番若いオレンジ色の癖毛《くせげ》の少年が馬上から大声を上げる。そのあまりの大声に、ミリエルはとっさに耳に手をやりかけて、慌ててとどまった。

ミリエルを凝視していたエセルバートが顔をしかめて、憤然と少年を振り返る。

「うるさい、フィル。おまえのばかでかい声で耳がいかれるだろうが。使い物にならなくなったら、おまえの無駄に丈夫な耳をくれるんだろうな」

「いやいや、無理ですって！　って、なんだ、また落としたんですか？　オレはてっきり任務中なのに、かわいい子を見つけて口説いているのかと……」

「それはおまえだろうが！」

「はい、そうですっ。すんません！」

持っていた大鎌の柄《え》を地面に打ちつけて怒鳴るエセルバートに、フィルと呼ばれたオレンジ色の癖毛の少年はびくり、と肩をすくませた。

「ったく……。この前の討伐で壊れたから予備もないんだよ。おまえ、前に預けたやつを持っているだろう」

「もちろん、持っていますとも。兄貴の大事な……」

「いいから、さっさと出せ。魔具もなしに魔獣の目の前に放り出されたいか」

凄んだエセルバートに恐れをなしたフィルがあたふたと懐からなにかを取り出して彼に渡す。

あっけにとられてそのやり取りを見ていたミリエルは、再びこちらを振り返ったエセルバートに、あわてて口元を引き締めた。

（あ、眼鏡《めがね》。落としたって、眼鏡のこと。ああ、だからあの凝視……）

先ほどまではその顔になかった眼鏡がわずかに光を反射する。どうやら、あの間近での凝視は近眼のせいだったらしい。

エセルバートはミリエルの姿を確認するかのように、ざっと視線を上から下に走らせると、険しかった表情を緩《ゆる》めて小さく嘆息した。

「怪我はないようだな」

「はい、ありません」

頷いたミリエルのそばに、メーレがわずかにびっこを引きながら寄ってきた。我に返って愛馬の具合をたしかめると、蹄鉄《ていてつ》がはずれて蹄《ひづめ》が割れていた。

「どうした？」

案じる声に振り返ると、エセルバートが汚れた手袋を新しいものに替えながら、こちらを睥《へい》睨《げい》していた。

「はい、あの蹄鉄がはずれてしまったみたいで……」

ミリエルがいい終わるよりも早く、しゃがみこんで馬の様子をたしかめたエセルバートは背をのばして、眼鏡を押し上げた。そのまま自分の馬に括《くく》りつけてあった白地に紫の装飾がなされた外套《がいとう》を羽織る。

「それじゃ乗れないな。おまえ、これから任官式だろう。正午からだから、歩いていったら完全に遅れるぞ。俺も任官式に出るんだ。連れて行ってやるから一緒にこい。馬はフィルたちに任せればいい」

真新しい白の手袋に包まれた手を差し出される。

フィルに対するのとは違う穏やかなエセルバートの声に、ミリエルは内心びくつきながらもおとなしく頷いた。

（やっぱり、遅刻してもいいから、歩いていけばよかった……）

揺れる馬上で、ミリエルは激しく後悔をしていた。

喧噪《けんそう》のなか、まわりから注がれてくるぶしつけな人の視線を避けるように俯《うつむ》いていると、ふいに背後からエセルバートの不審そうな声が聞こえてきた。

「それにしても、どうしてあの場所にいた？　卒業して配属される前に、一度自宅に帰れるはずだ。あの近くには士官学校しかないだろう」

「えと、その……」

ミリエルは小さく肩をゆらしておそるおそる顔を上げた。途端に通行人と目が合い、その興味深げな視線にたじろいで、再び顔を伏せ、つかまっていた馬のたてがみをさらに強く握った。

（無理です！　胡蝶の副隊長と相乗りなんて、ものすごく目立ちます！）

それも後ろならまだしも、大鎌を背負っているからエセルバートの前に乗れといわれた時には、冗談ではなく血の気がひいた。

＊＊＊

士官学校がある森のなかから王都へと続く道を抜け、外壁で守られた町に入るとエセルバートに気付いた人々が賞賛のまなざしを向けてくるのとは別に、ミリエルには不審と好奇の目を向けてきたのである。

「その……、家に帰らなかったからです。学校の寮から直接城に向かっていました」

「おまえの家は上級貴族だろう。領地の本邸のほかに、都に別邸を持っていたはずじゃないのか」

「それは、あります、けど……。て、手入れがされていないので……」

しどろもどろ答えたミリエルは、かるい自己嫌悪に陥《おちい》った。仮にも上級貴族に数えられる者の都の邸宅が手入れが行き届いていないわけがない。なによりいまは社交シーズンだ。こぞって都に貴族が集まっている。

「そうか」

苦しい言い訳に、しかしエセルバートはそれ以上追及することはなく、ひとつ嘆息をして口を閉ざした。

(ああ、嘘《うそ》つきだと思われたかも。でも……、帰れるわけが、ない)

唇を引き結んで、たてがみを握る手に力をこめる。

互いにしばらく無言でいると、やがていくらもたたないうちに王城のすぐそばまでやってきた。なだらかな丘に沿って張り付くように建てられた城はまるでそれだけがひとつの町のようにも思えた。どっしりと構えた石造りの頑丈な城門から、何人もの人々や馬車が出入りをしている。

エセルバートが城門を守る衛兵に会釈をして、そのまま検問も受けずになかに入る様子に、ミリエルははっと我に返った。

「あの、ここでいいです。ほんとうにありがとうございました」

ミリエルはそう言うなり城門を通り抜けた馬から滑《すべ》り降りようとした。

「おい、待て。任官式が行われるのは、ずっと奥の闘技場だぞ。もう時間が……」

エセルバートの腕がとっさに腹に回される。体が馬に乗っていた時よりも密着する形になった途端、ミリエルは得体のしれない恐怖がこみ上げてくるのを感じて、おもわずそれを振りほどこうと身をよじった。

「落ちるぞ！」

「わたしに触ったら駄目です！」

ミリエルの悲鳴にも似た声に、一瞬腰に回されたエセルバートの腕の力が弱まったが、すぐに力強く馬上に引き戻された。それから逃げ出そうともがくよりもはやく、エセルバートが馬の腹を蹴《け》って馬速を上げる。

激しい揺れに、ミリエルは舌を噛《か》みそうになって、抗議の言葉を飲み込み馬にしがみついた。

それとほとんど同時に、城のどこからか管楽器の音が響いてくる。

エセルバートが舌打ちをした。

「陛下のお出ましの合図だ。まずいな、もうそんな時刻か」

陛下、と聞いて、ミリエルはようやく冷静さを取り戻した。そうだ、任官式にはたしか王も出席する予定だ。エセルバートのいうことは本当だろう。

「任官式に遅刻だなんて、厳罰ものだ。下手《へた》をすれば配属先にも響く」

「そんな……。魔獣の声を聞いたから、駆けつけただけなのに」

「どんな理由があるにしろ、新兵の言い訳なんかきいてくれるか。――だから、俺と一緒にこいといっただろう。俺をだれだと思っている？」

笑みを含んだ声に、ミリエルがはっとしてそちらを見上げると、エセルバートの自信に満ちた面が目に飛び込んできた。

出陣すれば必ず魔獣を取り逃さず殲滅《せんめつ》する。国中の羨望を一身に集める魔獣討伐部隊、第二騎士団・胡蝶隊の副隊長だ。このひとの言葉をきいてくれないはずがない。

（そこまで考えて、わたしを連れてきてくれた？）

ミリエルが感謝の言葉を告げようとするより前に、馬が大きく跳躍して坂を上り終えた。その途端、目の前にすり鉢状の客席をもった闘技場の入り口が現れた。

場内に整然と並んだ騎士たちの列の合間に、それぞれの騎士団の旗が色鮮やかに風に揺らいでいる。

第一騎士団・赤獅子《あかじし》の深紅の旗が勇壮に翻り、第三騎士団・白狼の純白の旗が静かになびく。

第四騎士団・黒狼の漆黒の旗は激しくはためき、第五騎士団・金糸雀《カナリア》の黄金の旗が小鳥の羽のように羽ばたく。そして、第二騎士団・胡蝶の紫紺の旗はゆらゆらと気まぐれに揺れていた。

おそらく静まりかえっていただろう場内に突然響いた馬蹄の音に、彼らの顔は一様にこちらに向けられていた。その表情は驚愕《きょうがく》と不審、そして好奇の色に彩られている。

彼らの最前列には、騎士たちと相対するかのように団旗と同色の外套を身に着けた、団長らしき人物たちがかまえ、上段の貴賓席には数人の神官に囲まれた年配の男性がいる。しかしエセルバートは信じられないことに馬から降りることもせずに、そのまま場内へと駆け込んだ。

当然、ミリエルを一緒に乗せたまま。

(嘘でしょ!?)

生きた心地がせずに、ミリエルは馬のたてがみを握りしめた。だが今度は顔を伏せなかった。目を見開いてよく周囲を見ておかないと状況が把握できないのでは、とそちらの方が怖かった。

どよめきとともにひとの列が割れ、旗が脇《わき》に避けるその間を、エセルバートは臆することなく進んでいく。

ようやく止まったのは闘技場を見下ろせる貴賓席のすぐ下、王と各団長の間だった。近衛の赤獅子の騎士がさっとその前に割り込むように立ちふさがり、警戒心もあらわに剣を突きつけてきた。

「『炎の主サラマンダー、そのひとかけらをわが手に』」

ふいに背後から響いたエセルバートの声に、ミリエルは大きく目を見開いて振り返った。なにを考えたのか、エセルバートが背負っていた大鎌に炎を纏《まと》わせ片手で一振りしたところだった。

(こんな場所で魔術を使うなんて、どういうつもりなの!?)

大鎌から炎の塊が離れて上空を旋回する。炎の鳥が飛んでいるかのように、優雅に闘技場の空を回ったかと思うと、再びエセルバートが放った更なる炎に砕かれて、破裂音とともに細かな光の粒となって空中に霧散した。

整然と並んでいた騎士たちの間から、わっと歓声が上がる。その声を背に、エセルバートは唇の端を持ち上げて貴賓席を見上げた。

「第二騎士団・胡蝶隊、副隊長エセルバート・ブランデル、ただいま魔獣討伐《とうばつ》より戻りました。静粛な任官式に騎馬で駆けつけましたこと、寛大でお優しい陛下におかれましてはこの祝賀の花火で無礼をお許し願いたい！」

エセルバートのよく通る声が、場内に響き渡る。余韻《よいん》を残した静寂《せいじゃく》の後、たちまち張りつめた空気を一笑する声が赤獅子の騎士の向こうから上がった。

「まったく、いつもながらやってくれる。よい、いい余興になった。許そう」

騎士たちを下がらせた王はにこやかに見下ろしてきたが、ふとその傍らに黒みの強い茶色の髪の青年が進み出てきた。王と違い、にこりともせずに睥睨してくる。

「父上はあの者に甘すぎます。この厳粛な場に馬で乗りつけ、ましてや許しも得ずに魔術を使うなど、粗暴の極みだ。上の者の監督能力を疑う」

ちらりと第二騎士団の団旗の前に両手を後ろで組んで微動だにせずに立っていた胡蝶の隊長らしき金の髪の青年を見やり、すぐにこちらに視線を戻した。

「それに、その者は？」

茶色の髪の青年はエセルバートの前に乗ったミリエルに鋭い視線を向けると眉《まゆ》をひそめた。息が詰まった。エセルバートは許されても、自分は許されないかもしれない。震えだしそうな体を叱咤して地上に降りようとするのを、エセルバートの腕にとどめられた。

「ミリエル・ノイエと申します、デューク王子」

エセルバートは萎縮することもなく、蔑《さげす》んだように貴賓席の上から見下ろしてくる青年をまっすぐに見上げた。

「本日より我が胡蝶に配属されますただひとりの従騎士です。途中で討伐に加えました。そして――」

一切の迷いもなくすらすらといい連ねたエセルバートの言葉に、ミリエルは耳を疑った。背後に整然と並ぶ騎士たちも、ざわりと声を上げる。

（いま、胡蝶、っていった？　わたし、胡蝶に配属されるの？　それにただひとりって……）

いくら魔術が使えても、士官学校を卒業したばかりの者が精鋭部隊ともいわれる胡蝶に配属されることなど、あるのだろうか。混乱するミリエルを置いて、エセルバートはなぜかさらに続けた。腰に回されていた腕になおさら力がこもり、エセルバートにもたれかけさせられる。それと同時にこめかみに口づけられた。

「――っ!?」

動揺のあまり馬から転がり落ちそうになるミリエルを、エセルバートの力強い腕がしっかりと抱きとめた。

「そしていまは亡き彼女の祖母、英雄ジェシカ・ノイエ様より託されました、私の――婚約者です」

王子の険しい表情は動かなかったが、ざわついていた場内が、さらなる衝撃の言葉にどよめきへと変わる。

ミリエルはエセルバートの腕を振り払うことも、口づけられたのも忘れて、ぽかんと口を開けた。

(このひと、なにをばかなことをいっているの!?)

冗談をいうにもほどがある。

言葉もなく目を見開いて彼を見上げたミリエルは、しかしエセルバートの眼鏡の向こうの濃紫の瞳が笑っている口元とは違い、真摯《しんし》な色を浮かべているのに気付いて顔をひきつらせた。

「じょ、冗談、ですよね？」

「さあ？　ともかく、これで遅刻はうやむやになるぞ。よかったな。ああ、この報酬は出世ばらいにしておいてやるから」

（お願いだから、冗談だっていって！）

悪びれなく笑ったエセルバートに、ミリエルはこんな大事になるのならば、遅刻した方が何倍もよかったとはいえずに、本日二回目の後悔をするはめになった自分の押しの弱さを呪《のろ》った。


そしてその呪いはまだ続いていたのである。

＊＊＊

静まりかえっただれもいない室内に、宝石箱の中身をばらまいたような色とりどりの棺《ひつぎ》が、まるで円卓のように整然と並んでいた。

「間違えた？」

目の前に広がる異様な光景にミリエルは扉に手をかけたまま、ごくりと喉《のど》を鳴らした。

波乱の任官式後、諸々の事務的連絡が新兵になされ、それぞれの詰所に行くようにと指示された。やはり、胡蝶に配属されたのはミリエルだけだったことに、周囲の視線が痛かった。

教えられた胡蝶の詰所は、兵舎とは別棟にあった。扉を警護する胡蝶の騎士に促《うなが》されるまま詰所の扉を開けると、さらに薄暗い廊下が続き、突き当たりのこの棺が置かれた部屋にたどり着いた。その間、ふたつほど扉があったが、胡蝶の騎士はだれひとりとして見当たらず、ひとの気配さえもしなかったのだ。

(どこかで間違えた？　でも、扉のところにいたひとは、ここだって……)

ひらりひらりと光をまとったような白い蝶《ちょう》が秋の柔らかい陽が差し込む室内を優雅に舞っているのにもう一度喉を鳴らして、無人の室内を凝視する。

「ここ、棺の保管場所よ、ね……」

呟いたその時、だれかに肩を叩《たた》かれた。

「……ひっ」

喉の奥で悲鳴が引っかかる。とっさに振り返ったものの、肩を叩いた人物がだれなのか知るまえに、驚きのあまり足がもつれて室内に倒れこんだ。

その拍子に一番手前にあった棺の蓋《ふた》に手をついてしまい、あろうことかそれが横にずれた。ひっくり返りそうになってあわててへりにつかまったが、なかにだれかが横たわっているのに気付いて、おもわず飛びのく。

「え、あ……、あの時の……」

横たわっていたのは、魔獣討伐の際にエセルバートに眼鏡を渡していたオレンジ色の髪の少年、フィルだった。猫のように吊《つ》り上がり気味の目を閉ざしたまま、体はまるで死んでいるように微動だにせず、その顔は血の気が失せて青白かった。とっさに口元に手をかざす。それでも温かな呼気はまったく感じられなかった。

「なんで……」

討伐の時には元気に叫んで、エセルバートに怒鳴られていたはずなのに。

ふいに背後で笑い声がした。

「おまえ、なにをひとりでばたばたしているんだ。おもしろいやつだな」

聞き覚えのありすぎる耳触《みみざわ》りのいい声に顔を上げると、エセルバートが腕を組んで戸口にもたれるようにして立っていた。ミリエルはつい先ほど婚約者だなどと、質《たち》が悪い冗談をいわれたことを思い出しもせずに、立ち上がって彼に詰め寄った。

「副隊長、この方《かた》死んでます！　医師を呼ばないと……」

「死んでいるなら、神官だろうが」

冷静に揚げ足を取ってくれたエセルバートはつかつかと室内に足を踏み入れると、フィルの棺のそばに膝をついて、その額を遠慮なく叩いた。その拍子に、どこからともなく現れた淡く光る蝶がひらりと通り過ぎる。

「おら、フィル起きろ。新人従騎士が驚いているぞ。起きて待っていろといっておいただろう」

「――ってえっすよ、兄貴……。ちょっと横になっていただけじゃないっすか」

額をさすりながらフィルが起き上がる。ぶつぶつと文句をいうフィルの様子に、ほっとしたミリエルだったが、それでもあまりにも青白い顔色は、やはりどこか具合が悪いように見えた。

「あの、顔色が悪いようですから、医師を呼びましょうか？　それとも医務室まで行けますか？　わたしがついていきますから」

「うわ、優しいなあミリエルちゃんは。ほら、普通はこれっすよ兄貴。この気遣い、やっぱり女の子だといいっすね。うちにしばらく女の子がいなかったし。むさくるしい野郎どものなかに咲く一輪の花！」

鼓膜に響く大声と、早口にまくしたてられるかるい言葉に、ミリエルはすこしだけ怖《お》じ気《け》づいて、知らず知らずのうちに後ずさった。その仕草に気付いたエセルバートが、眼鏡を押し上げながら苦笑した。

「おまえがその花にたかる虫にならなければいいけどな。ほら、引かれてるぞ」

「ええっ、そんな。あ、ちゃんと自己紹介をしてなかったからっすね」

勢いよく棺から立ち上がったフィルは、そのままこちらに手を差し出してきた。ミリエルはすこしためらったが、思い切ってその手を握ると、フィルは激しくそれを上下に振った。真冬の氷水にでもつけたかのように、妙にその手は冷たい。

「オレはフィル・アストン。シルフの魔術を使うんだ。胡蝶には五年前から在籍しているんで、わからないことがあったら、なんでも聞いてくれて大丈夫だから。かわいいから手取り足取り、なんでも教えちゃ……」

「だから、口説くなっていってんだろうが！」

がん、とフィルの眠っていた棺をエセルバートが蹴っ飛ばす。その衝撃にフィルがバランスをくずして、ミリエルの手を握ったまま棺のなかにしりもちをついた。ほぼ同時に、どこかでぶつりと糸が切れる音がする。

「え？」

ミリエルは目を瞬《しばたた》いた。フィルの手はたしかに自分の手を握っていた。手首から先は、ぶつりと切れたように、ない。

「――っ！」

驚いてフィルの手を放すと、つくりものにしては妙に生々しい音とともに床に落ちた。

「ひでえっすよ……。オレの大事な寝床を蹴るなんて……」

「何度いってもわからないからだろう。この、鳥頭」

こちらの様子にも気付かずにあっけらかんと会話をするふたりに、ミリエルは床に落ちた手をおそるおそる見つめて、その指先をつまんで持ち上げた。

がっしりとした武骨な手ではないが、それでも爪もしっかりしていて、皮膚もほどよい弾力がある。つくりもので自分を驚かせるにしては、手の込んだことだが、それにしても質が悪い。

「あの、これ……」

驚きのあまり、からからに渇いてしまった喉から絞り出すようにして声をかけると、こちらを見たふたりはそれぞれ気まずい顔をした。

「あちゃー……」

「だからちゃんと縫っておけといっておいただろう。ったく、せっかくもうすこし穏便に教えようとしていたところを」

盛大なため息とともに、額に手をやったエセルバートがミリエルの顔を覗《のぞ》きこんできた。

「妙に落ち着いているが、大丈夫か？　それがなんだかわかっているか？」

「フィルさんの手です。まるで本物みたいな……」

「そうだな、手だな。とりあえずよこせ」

いわれるままにエセルバートに手を渡すと、彼はフィルに向けて無造作に放り投げた。

「オレの手を投げないでくれないっすか！」

フィルが悲痛な声を上げてあわてて受け止める。その時初めてフィルの片手がないことに気付いてミリエルは戦慄《せんりつ》した。

「本物……？　え？　なに……」

呆然と立ち尽くしたミリエルを後目《しりめ》に、エセルバートがゆっくりと立ち上がって、フィルの隣の棺の蓋をずらした。ひらりと再び蝶が飛び上がる。なかに目を閉じて横たわっていたのは、やはり任官式の前に森で出会った数人の騎士のうちのひとりだった。フィルと同じように生気がない青白い顔をしていることに気付く。

「――ジェシカ様……おまえの祖母から『棺の騎士』のことを聞いていないか？」

『棺の騎士』……？　いいえ、聞いていません」

棺を覗きこむエセルバートの妙に静かな横顔を見つめ、ミリエルはぎこちなく首を横に振った。唐突に手をエセルバートの手袋に包まれた手につかまれて、勢いのあまりよろめく。傾いた体の腰のあたりを支えたエセルバートの腕に、身を強ばらせたミリエルだったが、強引につかまれたままの手を眠る騎士の首筋に置かされた。

「これが『棺の騎士』だ」

耳朶《じだ》を震わせる低い声が遠い。

鼓動がない。生者の証の脈動が、先ほどのフィルと同じ氷のような冷たさの肌からまったく感じ取れない。

ミリエルは目を見開いて、眠る騎士の青白すぎる顔を見据え、震える唇を開いた。

「死んでる……？」

エセルバートの手袋に包まれていた手が、横たわっていた騎士の額をかるく叩く。ゆっくりと目を開けた騎士が身を起こしてこちらに気付くと、にっこりと笑いかけた。その隣で、なぜか楽しげな様子のフィルが、取れた自分の手を握って振っていた。

「ああ、そうだ。死者だ。一度死んだ人間が起き上がって動いている。この、第二騎士団・胡蝶は、死者の部隊だ」

心のどこかで、なにかがはずれた音がたしかにした。

ミリエルは自分を抱えこむようにして支えるエセルバートの手を必死に振り払うと、力が入らない足でなんとか立ち上がった。

「大丈夫か？」

エセルバートの案じる声にも応えずに、後ずさって扉の方へと足を踏み出す。

（『棺の騎士』？　死者の部隊？　ふざけないで！　わたしをからかってなにが——っ）

逃げ出そうとした足元ががくりとくずおれた。

「おいっ、ミリエル！」

貧血でも起こしたかのように、さあっと目の前が暗くなっていく。

（なんて最悪な日……！）

傾いた視界の端に宝石箱の中身をばらまいたような色とりどりの棺が、まるで円卓のように整然と並んでいるのが見える。

朝からの騒動続きの止めとばかりの事実に、許容範囲を超えたミリエルはそのままおとなしく意識を手放した。

＊＊＊

だれかに頭を撫《な》でられていた。

あまりにもその手のぬくもりが気持ちよくて、ミリエルはさらにその手に頭をすりよせた。

こんな風に撫でてくれるのは、士官学校に入る数年前から祖母だけだった。英雄や『暁の魔女』だなんていう肩書なんか、自分には関係なかった。祖母は優しくて、強くて、そして時々面白くて、ミリエルをとても可愛がってくれた。

「――おばあ、ちゃん……」

夢うつつに呟いて、ふと気付く。祖母は、もう何年も前に亡くなったはずだ。自分が士官学校に入るその直前に。

(それじゃあ、わたしを撫でているのは、だれ？)

一気に眠気がひいていく。つい先ほどまで重かった瞼が、嘘のようにぱちりと持ち上がった。

そうして目に飛び込んできたのは、細いフレームの眼鏡をかけ、こめかみに火傷の痕がある、赤銅色の髪の青年が眉根を寄せて見下ろしている姿だった。

「……副隊長」

「気が付いたか。まさかいきなり倒れるとはな……」

ほっとしたように目元を和ませたエセルバートに、ミリエルは我に返って額に乗せられていた彼の手を振り払い、飛び起きた。

寝台を置いたら、あとは小さな机と衣装箱しか置けなかった士官学校の寮の部屋とは違い、そこは寮の部屋をふたつ合わせたほどの広さの部屋だった。両手を広げてもまだあまるくらいの大きな窓からは短い秋の夕日が差し込み、その窓を背にして置かれた頑丈そうな机と椅子《いす》に光が反射していた。扉はふたつあるが、廊下と隣の部屋へ行くものかもしれない。自分はどうもその中央に設えられた応接セットの長椅子に寝かされていたようだった。

「急に起き上がるな。まだ横になっていろ」

顔をしかめたエセルバートにかるく腕を引かれて、再び寝かされてしまい、そこでようやくどうやって寝かされていたのか気付いた。

(頭の下……、副隊長の膝、よね)

どうも、長椅子に座ったエセルバートの膝を枕《まくら》にしているらしい。ミリエルはあわてて体を起こそうとした。

「だからまだ寝ていろと……」

「でも、わたしに触ったら、駄目なんです！」

「……どういうことだ？」

眉をひそめて肩を押さえるエセルバートに、ミリエルは湧《わ》き上がる恐れをこらえて叫んだ。

怯《ひる》んだように肩に置かれた手の力が弱まる。その隙をついて、起き上がったミリエルは、体の上にかけられていた自分の上着が床に落ちるのにもかまわずに、エセルバートと反対側の長椅子の端に逃げた。そうして身をかばうように両腕を押さえる。

「任官式の前にもいっていたな。『触ったら駄目』？　『触るな』の間違いじゃないのか」

長めの前髪に片手を突っこんで大仰にため息をついたエセルバートに、ミリエルは大きく肩を震わせた。

「おまえが卒業するのをずっと待っていたのに、こんなに嫌《いや》がられるとは思わなかったな。なあ、婚約者殿？」

「婚約者なんて聞いていません！　そんな嘘――」

「嘘じゃない」

エセルバートが面白そうにいったかと思うと、懐から三つ折りにされた一枚の薄い紙を取り出して、ミリエルの目の前で振ってみせた。

「ジェシカ様の婚約証明書兼、遺言状だ」

「おばあちゃんの、署名……」

呆然と文面を読んだミリエルは、最後に記された見覚えのある署名に本物の祖母の遺言状だと信じざるを得なかった。

我知らず震える手でその書類をつかもうとすると、寸前でエセルバートがすっと取り上げた。

「おっと、駄目だ。神殿にも届けてはあるが、破られたら再発行するのが面倒だからな」

素早く書類をたたんで懐にしまってしまうエセルバートに、ミリエルは怯えたように自分の胸元を両手で押さえた。

目を眇《すが》めて笑ったエセルバートは、大型の獣を思わせるしなやかな身のこなしでミリエルに近づくと、長椅子の肘置《ひじお》きに手を置いて覆いかぶさるように囲い込んできた。

「これでわかっただろう。おまえは俺のものだ。もう何年も前から、そう決まっている。触ったら駄目だなんてことはない。それとも、わからせてほしいか？」

眼鏡をはずしたエセルバートの顔が近づく。痛々しいこめかみの火傷の痕が眼前に迫り、エセルバートの結われていない赤銅色のまっすぐな長い髪が、真っ赤になったミリエルの肩や胸元へさらりと落ちてくる。いつの間にか見下ろされていると気付いた時には、まるで炎の檻に閉じ込められているような錯覚を覚えてめまいがした。

「そう怯《おび》えるな。――ますます追いかけたくなる」

弓月の形をとった薄い唇がゆっくりと降りてくるのに、肉食獣が舌なめずりをしているような恐れを抱いて、身動きひとつとれない。

――と、唐突に扉が開く音がした。

「エセル……っ！」

硬質な男の声とともに、なにかが空気を切る音がした。ミリエルに覆いかぶさるようにしていたエセルバートが素早く身を起こして、飛んできたそれを受け止める。

「――アルヴィン、俺を殺す気か」

振り返ったまま、不機嫌そうにうなるエセルバートの手には、分厚い書物が握られていた。

「そんなものであなたが死ぬわけがないでしょう。『騎士の心得―初級編―』それでも読んですこしは頭を冷やしてもらいたいものですね。私の執務室で不埒《ふらち》なことをしないでくれませんか」

「『貴婦人には礼を尽くせよ』、か？　ちゃんと介抱をしただろう。なによりいまは討伐中じゃない」

平坦《へいたん》な調子の声にエセルバートが言い返すのを耳にしながら、ミリエルは詰めていた息を吐き出した。その途端にどっと冷や汗が出てくる。ほぼ同時にエセルバートが手にした書物で肩を叩きながら椅子から立ち上がった。

そうしてようやく戸口に立っている男が見えた。エセルバートよりも二、三歳は年上に見える、蜂蜜《はちみつ》色の髪の青年だった。片手に書類らしき紙の束を抱えながら、なぜか恐ろしさを感じてしまうほど鮮やかな青い双眸でエセルバートを睨みつけている。

（たしか……任官式の時にいた……）

任官式で胡蝶の団旗の前に起立していた男だと思い出したミリエルは、あわててその場に立ち上がった。足元がひやりとして、そこで初めてブーツを脱がされていたことに気付いたが、そんなことにはかまっていられなかった。

「まったく、あなたは……。実害がある分、フィルよりも質が悪い――」

「あのっ、ご迷惑をおかけしまして、申し訳ありません。アルヴィン・シルヴェスタ隊長！」

ミリエルは顔を強ばらせながらも背筋をのばして、ぼやく金髪の青年を見据えた。

シルヴェスタ国王の王弟の息子、国王の甥《おい》だ。胡蝶を預かる隊長としての働きは、エセルバートの陰に隠れているが、精鋭を束ねる器量は申し分ないらしい。

第二騎士団は他の騎士団と比べて特殊で、本来なら『暁の魔女』が団長となるが、いまは空席だ。胡蝶隊の隊長となるアルヴィンが実質、第二騎士団の団長も兼ねている。

どうもその胡蝶の隊長の執務室を占領してしまっていたようだ。

「初日から災難続きでしたね。体調はどうですか」

こちらを向いたアルヴィンの案じる言葉とは逆に感情の薄そうな表情に、ミリエルはなおさら背筋をのばした。目鼻立ちの整った貴族らしい華やかな顔立ちのはずなのだが、先ほどからほとんど無表情だ。その周辺を一頭の光の蝶がひらひらと舞う。

「もう大丈夫です。ご心配をおかけしました。あと、執務室をお借りしてしまって、申し訳ありません」

ミリエルは咎《とが》められたわけでもないのに、いたたまれずに姿勢を正したまま深く頭を下げた。

「ええ、ほんとうに。『棺の騎士』の正体を知ったくらいで倒れるようでは、胡蝶ではやっていけませんよ」

アルヴィンが眉間《みけん》に皺《しわ》を寄せて冷ややかにいったので、ミリエルはたちまち緊張し身を強ばらせた。『棺の騎士』の名称を聞いた途端、いっきに先ほどの出来事を思い出す。再び、ひいていたはずの鳥肌がたって、さすりたくなるのを必死でこらえた。

（あれは、ほんとうのこと、なの？）

エセルバートがはずしていた眼鏡をかけなおしながら、それを豪快に笑い飛ばす。

「アルヴィン、脅《おど》すなよ。いまからもっときついことを話すのに、怯えさせてどうする。ほら座って、靴も履け」

床に落ちていた騎士服の上着と机に置かれていたホルダーに入った白銀の銃や魔具を差し出され、促されるままおそるおそる先ほど寝ていた長椅子に座ってブーツに足をいれる。エセルバートはミリエルの隣に腰を下ろし、アルヴィンはその向かいに座った。

どことなく物々しい雰囲気にそろえた膝の上に乗せた手に力をこめる。アルヴィンが手にしていた書類を机の上に静かに置き、感情の見えない視線を向けてきた。

「それでは、どこから話しましょうか」

「俺から話そう」

エセルバートがアルヴィンから投げつけられた書物を机の上に放り出し、眼鏡を押し上げて、その濃紫の双眸を向けてきた。まっすぐな視線の割には、どこか冷めたような印象を受ける。

つい先ほどまでの戯《たわむ》れのような印象が、がらりと変わってたちまち真剣な表情になる。

「初めに、フィルたち……『棺の騎士』のことだが、やつらは正真正銘《しょうめい》の動く屍《しかばね》だ」

「屍……。そんなことをどうやって……」

いまいち信じることができずに、かすかに首を傾ける。

「『暁の魔女』」の血族が国に保護をされている理由を知っているな」

『暁の魔女』はいまでこそ魔術を扱う騎士の最高の地位の名称になっているが、もともとはいまは滅びたが、高等文明や高等魔術を駆使して繁栄していたという、古代王国『ティル・ナ・ノグ』を守る魔術師のひとりだった。

脈絡のない言葉に不審に思ったが、ミリエルは問われるままに口を開いた。

「普通はひとりひとつの属性の魔術しか使えないのに、魔女の血をひく者にはウンディーネ、シルフ、サラマンダー、ノームの四つの属性すべての魔術を扱える、希少な魔術師『ドルイド』が生まれる確率が高く、攫《さら》われる危険があるからです」

『ドルイド』はめったにいない。魔術の精鋭部隊の胡蝶にも現在は数人だと聞く。他国から見ればそんな大きな力をもった人物は喉から手がでるほど欲しい。攫われる可能性が高いのだ。

「そうだな、それが士官学校で教える、教科書どおりの答えだ」

「そのほかに、なにが……」

いいかけたミリエルははっと気付いてエセルバートを見据えた。エセルバートが先を促すように静かに頷く。あってはならないが、あの状況を説明するには、この考えしかない。

「まさか、死者を蘇《よみがえ》らせることができるから、ですか？」

「そうだ。『暁の魔女』の血をひく者は稀《まれ》に、潜在的に魔力を持ちながら亡くなった者を一時的に起こす能力を持っていることがある。国が保護しているのはそのためだ。おまえ、胡蝶の詰所で俺がフィルたちを起こすのを見ただろう。『棺の騎士』は生前使えなかった強い魔術も使えるようになる」

ミリエルは言葉が出なかった。エセルバートはなんでもないことのようにいっているが、それが事実ならばとんでもない。エセルバートの妙に淡々とした説明に頭がおかしくなりそうで、落ち着かせようと何度もつばを飲み込む。やがてたとえようのない怒りが腹の底からこみ上げてくるのを感じて、膝の上に乗せた手に力をこめた。

「そんな……、そんなことのためだけに、死者の眠りを妨げて、無理やり起こしているっていうんですか。そんなの、死者を冒瀆《ぼうとく》しています。こんなことが許されていいわけがない！」

感情のままに怒鳴ってしまってから、ミリエルは我に返って口元を押さえた。アルヴィンはかけらほども表情を変えることはなかったが、エセルバートの剣呑《けんのん》な瞳の色にひやりとする。

普通の感覚の人間なら、こんなことは考えてあたりまえのはずだ。彼らだってわかっているのだ。自分はなにを偉そうなことを口にしてしまっているのか。

「あ……申し訳ありません」

「謝るくらいなら、もっと頭を使って言葉を口にしろ。その頭は飾り物か。深く考えもせずに、安易に非難をするな」

「――は、い」

エセルバートに厳しくたしなめられて、ミリエルは肩を落として俯いた。

「それにこれは国家機密だ。もしも万が一この事実をもらしたとすれば、即座に首が飛ぶ。比《ひ》喩《ゆ》じゃないからな。よく覚えておけよ」

脅しではなく忠告なのだろう。それほどまでにほかにもれたら大事なのだ。アルヴィンがとん、と注意を向けるように机をかるく指先で叩いた。

「それに、あなただけの責任ではなくなりますからね。なにより、いま騒動を起こされるのは私の不利になるので困ります。王太子の件があるもので」

「――王太子の件、ですか？　たしか、まだ決まっていないとか」

「ええ、そうです」

おそるおそる上目づかいにうかがうと、アルヴィンはうっすらと笑った。

シルヴェスタの王位は完全な世襲制ではない。評議会によって決められる。王子だからといって、次の玉座に座れるとはかぎらないのだ。

エセルバートがわずかに苛立《いらだ》ったように前髪に片手を突っ込んだ。

「いまのところデューク王子とアルヴィンが有力候補なのは知っているだろう。アルヴィンが指揮する胡蝶の騎士が問題を起こせば、どうなるかわかるな」

「——っ、わかりました。気を付けます」

鋭く見据えてくるエセルバートの問いかけに、ミリエルはぎこちなく頷いた。ともかく、喋《しゃべ》らなければなにも問題はないのだ。

(あれ、でも、待って。そんな秘密裏の死者の部隊に、どうしてわたしが入れられたの？)

ふと浮かんだ疑問が、じわじわと嫌な予感を呼び込む。手のひらに変な汗がでてくるのを感じつつも、たしかめずにはいられなくてミリエルは必死に顔を上げた。

「あの……」

口を開きかけて、ふたりからの詰問するかのような強い視線に気後れして、口をつぐむ。するとアルヴィンがかるく眉を寄せて嘆息した。

「質問があるのなら、ちゃんと口に出しなさい。聞かないで困るのはあなたです。教えられるのを待っていられるのは、学生の時だけですよ」

「は、はいっ。……あの、わたしも——わたしも死んで『棺の騎士』になるんですか」

視線だけはそらさずに、それでもおどおどと問いかける。

(やらなければいけないことがあるのに。死んでなんかいられない)

ミリエルの悲痛な問いかけに、しかしエセルバートとアルヴィンはそれぞれ笑声とため息を響かせた。

「頭がまわるのかそうじゃないのか、よくわからないやつだな」

「そこはせめて想像力が豊かだといってあげなさい、エセル」

深刻さも真剣さもまったく感じられないふたりの態度に、ミリエルはわけがわからずにうかがうように交互に彼らを見た。なにかまた自分は間違えたらしい。

「いくらなんでも殺すわけがないだろう。そこまで非道じゃない。それにおまえは『ドルイド』だろう。士官学校からそう聞いている。魔女の力だって万能じゃない。蘇る可能性があるかどうかもわからないのに、わざわざドルイドを死なせるわけがあるか」

あきれたようなエセルバートの様子に、早とちりをしたのを恥《は》じ入って小さく肩をすくませる。

(それなら、どうして胡蝶になんか……)

成績のことが筒抜けならば、問題点だって知っているはずだろうに。エセルバートがふっと息を吐いてこちらを見据えてきた。

「おまえが胡蝶に配属された理由はさっき説明した『暁の魔女』の能力に関係する」

「死者を一時的に起こす能力ですか?」

「そうだ。起こせるのなら……、その逆もあるとは思わないか。こっちは『暁の魔女』の血をひいていなくても、『ドルイド』に稀に出る能力だ」

ミリエルは息を詰めた。エセルバートのまっすぐな視線は恐れを感じてしまうほどで、身が強ばる。

(どうして、知っているの)

なによりもそれが一番知られたくないことだったのに。

自分の罪深さを目の当《ま》たりにしてしまうことだから。

かすかに震えだした手をエセルバートがなだめるように横から握った。反射的にそれを振り払おうとしたが、逃がしはしないとばかりにさらに強く握りこまれる。

「は、はなしてください。わたしに触ったら……」

「おまえは――」

エセルバートの真摯な、それでいて有無をいわせない双眸に、彼がなにをいおうとしているのかわかって、戦慄する。肌が粟立《あわだ》ち、視界が揺れた。

「お願い、はなして！」

「五年前に弟のライオネルを眠らせてしまったんだろう。弟はいまもまだ昏睡したままだと聞いている」

体から力が抜けた。逃れようとしていたエセルバートの手が、ひどく重い。悪い夢でもみているかのようだ。

（ライオネル……、ごめん、なさい……）

それは弟との他愛のない喧嘩だった。なにかを取り合っていたと思う。それを勝ち取るのに成功した弟の腕をミリエルがつかんだ途端、彼はその場で意識を失い、以来、目を覚まさない。

祖母以外は両親も周囲も、ミリエルが弟を眠らせたのだと責めた。

ひとつ年下の弟はよく懐いてくれていたのに。弟の未来を奪ってしまったのは、自分のせいだ。昏睡したままなのに、いまにも目を覚ましそうなほど血色のよかった顔を思い出すと、罪悪感に押しつぶされそうになる。目の前が暗闇に包まれる。

士官学校に入学してからは、弟とは一度も会わせてもらえなかった。卒業をしたあとだって、家に帰ることは憚《はばか》られた。

「悪いな、ジェシカ様に孫を起こしてほしいと頼まれた時に、俺の能力で起こせればよかったんだが。俺に流れる『暁の魔女』の血も、肝心な時に役に立たない」

エセルバートがミリエルの肩を引き寄せて、頭を撫でてくる。弟を眠らせてしまってから、同じようにだれかを眠らせてしまうのが怖くて、ひとと距離を置くようになっていた。つい先ほどと同じくこんな風にされるのは何年ぶりだろう。恐怖はあっても、人のぬくもりの心地よさにはあらがえない。

悔しそうに唇をゆがめたエセルバートをそっと見上げる。強くて、厳しくて、なんだかとんでもないことをしでかしてくれるが、そんなエセルバートでもままならないことがあるのだ。

「おまえの眠らせる能力が必要なんだ。いまは役目を終えた『棺の騎士』は棺のなかで仮初《かりそ》めの眠りについている。俺が起こした『棺の騎士』をおまえがゆっくりと眠らせてやってくれ」

ふいに、エセルバートの手袋に包まれた手が頬《ほお》の輪郭《りんかく》をなぞり、恐れと驚きで身を強ばらせるミリエルの双眸を覗きこんできた。

忌むべき力を必要だといわれて、嬉しさととまどいがないまぜになって、どう返していいのかわからず、頬に添えられたままの手も振り払えなかった。

「返事は？」

ミリエルが黙ったままでいると、エセルバートの長い指先で顎を持ち上げられた。触れられている恐ろしさよりも、その唇に浮かぶ鮮やかな笑みと、眼鏡ごしにでも綺麗だと思える濃紫の双眸に魅せられて、喉から声が出てきてくれない。

ふいにそこへ咳払《せきばら》いが割り込んできた。

「エセル、色仕掛けで答えを促すのはやめなさい」

それまで無言でいたアルヴィンがやはり感情をみせずに淡々といい、ミリエルはようやく我に返った。

「副隊長、はなしてください！」

ミリエルは先ほどとは別の意味で、エセルバートからはなれようともがいた。するとエセルバートはこめかみの火傷の痕を歪めて、意地悪く笑った。

「駄目だ。おまえが『触ったら駄目』というのは弟を眠らせてしまったように、またたれかを触って眠らせてしまうのが怖いからだろう。普通だったら、そんなことはないんだ。あれはなにかたまたま条件が当てはまっただけだ。だから、怖がるな」

ミリエルは無言で首を横に振った。怖いのと恥ずかしいのとがないまぜになったこんな状態で話ができるほど、図太い神経ではない。

しかしエセルバートの胸を両手で押してつっぱねても、びくともしない。

「やめてあげなさい。婚約者に嫌われても知りませんよ」

アルヴィンがため息交じりにたしなめてくれたが、ミリエルはそれにも首を横に振った。

「婚約者だなんて、いくら祖母の証明書があっても、『棺の騎士』の副隊長と……死んでいる人と婚姻《こんいん》なんかできるわけがありません！」

ミリエルが叫んだ途端、それまで感情をあまり見せなかったアルヴィンが咳をしてごまかすように笑った。それとは逆にエセルバートが無表情で唐突に両手で頬をはさんでくる。据わった目を向けられて、ミリエルは唇を引き結んだ。

「これが、死者の体温か？」

いい聞かせるようなエセルバートに、目を瞬く。

手袋ごしでもなおその温度は伝わってくる。陽だまりのようなほのかな体温。昼間、フィルと握手をした時のあの氷のような冷たさはどこにも感じられない。

よく考えてみれば、さっきエセルバートに抱き寄せられた時も温かかったではないか。

（アルヴィン隊長が王太子候補になれる生者なんだから、副隊長だってそのはずよね……）

ふと、とんでもなく近くにエセルバートの顔があるのに気付いて、頬が熱くなる。眼鏡ごしにでもわかる、秀麗な目鼻立ちは心臓に悪い。

「わかりました！　わかりましたからはなしてください！　わたしに触ったら副隊長だって眠ってしまうかも——」

「いや、わかっていないな。まあ、どうせ俺の屋敷に住むんだから、嫌でもわかって……」

「俺の屋敷に住む？　わたしが、副隊長のお屋敷に？　それって、どういうことですか！」

驚きのあまり、声が裏返った。その拍子にエセルバートの手がはずれる。

今度はいったいどういうわけだ。次から次へとまったく気が休まることがない。

アルヴィンが再び咳払いをしたかと思うと、手を組み合わせて無感情な瞳で見据えてきた。

「うちの隊の者は棺があれば寮など必要がないので、城に胡蝶の寮はありません。私も屋敷から出仕しています。あなたの屋敷は手入れが行き届いていないと聞きましたし、エセルの婚約者ならちょうどいいでしょう」

淡々と説明されて、ミリエルは再び気が遠くなりかけた。まったく意味も理屈もわからない。

（ちょうどいいって、なにが？　隊長はまともなひとだと思ったのに……）

「家は両親も他界しているし、気兼ねはいらない。安心しろ」

エセルバートがうっすらと艶《つや》めいた笑みを浮かべた。手袋に包まれた指先が、つ、と首筋に触れて、ミリエルは小さく悲鳴をあげてエセルバートから距離をとった。

（あ、安心なんかできない気がする……。わたし、これからどうなるの？）

くらくらする頭を押さえながら、ミリエルは先行きに不安を覚えて肩を落とした。

＊＊＊

ブランデル邸の玄関のポーチに出ると、外はすでに闇に包まれていた。初秋とはいえ、空気はひんやりと澄んでいて、真夏の夜空よりも星々がはっきりと見える。

エセルバートは室内にともされた蝋燭《ろうそく》の光をさけるように、しっかりと両開きの扉を閉めて、厩番《うまやばん》から馬の手綱を受け取っているアルヴィンに目を向けた。

もう時間も時間だから、とミリエルを自邸に連れ帰ると、観念したのか疲れ切っていたのか、彼女はおとなしく用意した部屋に引き上げた。

(気が抜けたのかもな)

腕を組んで厩番が下がるのを見届けてからアルヴィンに近寄ると、アルヴィンはちらりとミリエルのいる部屋を見上げて、どこかほっとしたように息をついた。

「まずは一段落、といったところですね」

「そうだな。それにしても今日は冷や汗をかいた。まさかあそこで『次期・暁の魔女』に出くわすとはな」

組んだ腕をといて、ふっと息をつく。もしもすこしでも自分が遅かったら、と思うと肝が冷えた。新兵ひとりに対処できるような強さの魔獣ではない。

「あの森には魔獣は出なかったはずだ。なにか調べはついたか」

「ええ、近頃多発している都周辺に出没する魔獣と同じです。瘴気《しょうき》もないのに、突然現れる」

苦い表情を浮かべるアルヴィンに、エセルバートは考えこみながら眼鏡を押し上げた。

魔獣は普通の獣が瘴気という毒素を浴び、異形の姿になったものをいう。瘴気はこの世界の果てから湧き出ているという言い伝えだが、ひとの生活圏まで流れてくることはめったにない。

それでも魔獣の被害は無視できないほどで、討伐にはどの国も力を入れている。だがシルヴェスタでは五十年ほど前、英雄ジェシカが大量発生した魔獣を掃討して以来、魔獣の数は激減し、辺境でさえも被害がすくない。だからこそ、都に近い場所に多く出現するのはおかしい。

アルヴィンが眉間の皺を深めて嘆息した。

「それがどうも……魔獣が出没した周辺の住人の話を聞いてみると、古代王国の遺跡のなかからこつ然と現れたそうです」

「古代王国の遺跡？　遺跡のそばで多発しているのか」

眉をひそめて嫌そうに呟く。

各地に残されている古代王国の遺跡。その技術の粋を集めていたと伝わる『ティル・ナ・ノグ』の都はいまだに見つかっておらず、伝説にしかすぎないともいわれているが、歴史学者たちはこぞって都の場所を探している。シルヴェスタでは歴史をつまびらかにするために支援を行っていた。その遺跡はシルヴェスタの都周辺に多く存在している。

「ええ、……あの時と同じなのですよ」

アルヴィンの視線がちらりとエセルバートの顔の中心から外れ、こめかみの火傷のあたりに向けられる。めずらしく気まずそうな雰囲気に、エセルバートは苦笑した。

「もうずいぶんと昔のことだ。いい、気にせずに話を続けてくれ」

眼鏡を押し上げて、真剣な目を向ける。アルヴィンはそれなら、といい置いて、気を取り直すように咳払いをした。

「瘴気は普通の霧に似ていますから一応は目に見えるでしょう。ですが、そんなものもなかったのに、まったく突然に魔獣が現れた。そして魔獣が発生した遺跡のそばで神官服の男が目撃されています」

アルヴィンが淡々とした口調でいい切ったが、エセルバートは忌々《いまいま》しそうに眉根を寄せた。

「神官服の男？　王子の側近のあいつのことか？　そういえば、遺跡の発掘調査の指揮者がデューク王子に変わったそうだな」

「それはわかりませんが、見かけてもおかしくないといえばそれまでです。ただ……」

「魔獣が発生するのがあまりにも偶然過ぎる、か」

無言で頷いたアルヴィンを見据えて、エセルバートは思案するように腕を組んだ。

「もしも遺跡の調査で『ティル・ナ・ノグ』の遺産の高等魔術でも見つかっていれば、それを使って魔獣を出現させていることが考えられますが……。それになんの意味があるのかはわかりません」

「ただ単に胡蝶を奔走《ほんそう》させたい、というのならまだわかるがな。どちらにしろ『ティル・ナ・ノグ』の遺産をあまり掘り起こさないようにしてもらいたいものだな」

皮肉げに笑ったエセルバートは、先ほどアルヴィンがそうしていたようにミリエルの部屋を見上げた。明かりはついていない。きっと考えるのも嫌でさっさと寝てしまったのだろう。

「まあ、なにがあるかわからない。ともかく『次期・暁の魔女』はこちらの保護下に入った。陛下の前で婚約者宣言をしたんだ。よほどのことがないかぎりはだれも手は出せない。たとえ、デューク王子でも」

「たしかに『煉獄の処刑人』になにをされるかわかりませんからね。命知らずな強者《つわもの》がいれば話はちがいますが」

アルヴィンからのひどいいわれように、しかしエセルバートは憤慨《ふんがい》することなく逆に偉そうに顎をそらせた。

「あたりまえだ。なんのための肩書だ。使えるものを使って、なにが悪い」

「肩書ではありません。あなたがいつもやらかしてくれるおかげで、尻拭《しりぬぐ》いをする私の身にもなってください。あなたが任官式のあとさっさと姿をくらましたせいで、婚約の件の追求がこちらにきたのですから」

眉間に寄った皺をのばすように額をさするアルヴィンの肩を、エセルバートは苦笑してなだめるように叩いた。

アルヴィンはまだ文句がいい足りないような様子だったが、渋々と自分の馬に騎乗した。だがふいになにか思い出したように馬上から見下ろしてきた。

「エセル、いくら気になるからといって、かわいらしい婚約者に嫌われないように、かまうのもほどほどにしておいてくださいね。逆にかまいすぎてあとで手痛いしっぺ返しがきても、私は知りませんので」

アルヴィンは無表情ながらもそう釘を刺し、「では」と会釈をして去っていった。

アルヴィンの姿が見えなくなると、エセルバートは踵を返して屋敷のなかに足を踏み入れた。

（婚約者、か）

玄関ホールを抜けてゆっくりと階段をのぼりながら、ミリエルの強ばって緊張感をたたえた顔を思い浮かべる。

現在の状況に混乱して叫んだり怒鳴ったりはしていたが、すこし落ち着くと、問われたり、促さなければあまり自分の考えを口にしない。

（新しい環境に気を張っている、とかいう問題じゃないな、あれは）

それもあるのだろうが、おそらくは弟への罪悪感と、もうひとつの問題への劣等感からくる自信のなさの表れだ。

（ジェシカ様はこれを見越して俺に頼んだのか）

上がりきった階段を照らす青白い月明かりを眺めて、ジェシカの不敵な笑みを思い出す。

豪快で豪胆だったが、自分にも他人にも厳しかった英雄が、ただひとこと、自分がいなくなったら、頼む、とエセルバートにいい残した。

長々と嘆息して前髪をかき上げる。

（ともかく、身の安全は当面は保障できる、が……）

ミリエルにあてがった部屋の前に差しかかると、ちょうど世話を任せた部屋付きのメイドが出てきた。

「どうしている？」

「もうお休みになられました。お食事をすすめましたが、いらないと仰《おっしゃ》られまして……」

「そうか。それなら、気が向いたら食べられるように、部屋のなかに軽食を用意しておいてやってくれ」

従順に頷いたメイドが去っていくのを見送るまでもなく、エセルバートは足早に自室へと向かった。

第二章　魔女と女神の在り処

『棺《ひつぎ》の騎士』の禁則事項。
①三日に一度は棺に戻り眠らなければならない。
②家族、および知人に会ってはいけない。蘇《よみがえ》ったことを知らせてはならない。
③『暁の魔女』に必ず従わなければならない。
これらに違反した場合、即刻騎士の任からはずし、すみやかに永久の眠りにつかせる。


微動だにせずに青白い顔で棺のなかに横たわる『棺の騎士』を覗《のぞ》きこみ、ミリエルは細く息を吸った。騎士の体の上で組み合わされた手に自分の手をそっと重ねる。その拍子に、あたりを飛んでいた光を纏《まと》った蝶《ちょう》がふわりと手をかすめた。

胡蝶《こちょう》の詰所のなかにはいつものように光の蝶が舞っていて、ある意味幻想的だったが、その正体はいわゆる魂の化身だ。一度エセルバートによって蘇った『棺の騎士』は棺に入ると仮の眠りになるそうで、眠っている時ほどその蝶が多く飛ぶ。

触れた『棺の騎士』の手はひやりとした氷のような温度で、詰所内には穏やかな秋の陽気が漂っているというのに、体の芯まで凍りついてしまいそうな感覚を覚えて、かすかに肩を震わせた。

——暁の魔女から借り受けし、ティル・ナ・ノグの騎士をお還《かえ》しせん
騎士たる務め果たし者、【ノームのごとき知恵ある者】
常若の王よ彼《か》の者をその偉大なる懐《ふところ》に迎え入れよ

『棺の騎士』を永眠させる、眠り詩。魔術の呪言ではなく、独特の節をつけて紡ぐ詩は歌に似て、空気をかすかに震わせる。

詩に反応し、気ままに舞っていた蝶が棺のまわりに集まり出す。息を飲んで見守っているミリエルの目の前で何頭もの蝶が仮の眠りについている『棺の騎士』の体にとまった。

だが、いくら待ってもそれ以上なにも変化が起こることはなく、蝶は羽を休めるようにじっとしたままだった。肩を落として嘆息する。

(ライオネルは触っただけで眠ったのに……)

落胆して手を放すとその拍子にぱっと蝶が飛び立って、再びあちらこちらを舞い始めた。

「おしかったなあ、あともうちょっとだったのに。でも、初めて聞いたけど、いい声だね。みんなが眠らせてもらうのが楽しみだっていうはずだよ」

あっけらかんというフィルの声と拍手の音に、ミリエルは驚いたように肩を揺らして顔を上

げた。

途端にフィルが自分の取れてしまっていた腕を縫い付けているという光景を目にして、わずかに顔を強ばらせたが、そらすことはしなかった。フィルのすぐ隣の棺に腰かけた『棺の騎士』が微笑《ほほえ》みながら拍手を送ってくれていたのが見えて、なんとなく気恥《きは》ずかしくなる。

胡蝶に配属されてからすでに二週間。初めは死者の部隊が怖くて仕方がなかったが、毎日顔を合わせるうちに、彼等は死んでいるということ以外は生者とほとんど変わらないのだとわかってきた。

いま他の騎士たちはエセルバートとともに魔獣の討伐に出ていて、フィルと先ほど拍手をくれた騎士だけが留守居役として詰所に残っている。彼らは三日に一度は棺に戻らなければ体が崩れるため、数日ごとに交代制で任務についていた。

自分はまだ慣れていないから、と討伐には連れて行ってもらえずに、雑用やいまやっていたような、すでに役目を終えて永眠を望んでいる『棺の騎士』を眠らせる練習をしている。

「ゆっくりやればいいよ。ほら、棺に入れば仮の眠りになるから。その間は体がくずれないし。それに兄貴が起こしてくれない限りは目も覚めないし。焦《あせ》る必要なんか全然ないって」

手当てを終えたフィルが座っていた自分の棺から立ち上がり、両手を上に向けて体をほぐした。

（フィルさんってなんだか猫みたい）

特に吊《つ》り上がった目じりと、癖毛《くせげ》がそう思わせて、警戒心を抱かせない。見た目は十代後半に見えるが、胡蝶に入ったのが五年前で胡蝶ではエセルバートとアルヴィンを除く一番の古株だというから、実年齢はもっと上だろう。『棺の騎士』は当然ながら年を取ることはない。

「あの……、聞いてもいいですか」

「なに？　なんでも聞いてくれていいよ」

両手を天井に伸ばして、上体を傾けながら、フィルが快く返事をしてくれる。

「『棺の騎士』は家族に会ってはいけないことになっていますけど、もしも顔を合わせてしまったら、どうするんですか」

「しらばっくれるんだよ」

迷いもせずに返ってきた言葉に、ミリエルは目を瞬《しばた》いた。フィルが声を上げて笑う。

「だってさ、本当だったらもうこの世にはいないはずだし。だから、なにがなんでもしらばっくれる。まあ、出身地の近くに魔獣がでたら、そいつは連れて行かないから、めったにないけどね。あ、でも一度さ――」

フィルは楽しそうに喋《しゃべ》り続けていたが、ミリエルは唇を引き結んだ。

やっぱり生者の都合で『棺の騎士』をいいように使っているようにしか思えない。

民を魔獣から守ってくれる、負け知らずの精鋭部隊といわれている胡蝶の実情がこれだなどと国民に知られたら、どうなってしまうのだろう。

　それでもフィルたちに悲愴感がまったくないのが、不思議でならなかった。

「ミーちゃん聞いてる？」

　ふいに間近で声が聞こえたかと思うと、物思いにふけってしまっていたミリエルをフィルが覗きこんでいた。あまりにも近い距離に、おもわずわずかにのけぞる。

「え、あ、すみません。でもミーちゃん、って……」

「ミリエルちゃんだとめんどくさいから、ミーちゃんでいいじゃん。かわいいし」

　無邪気に笑ったその口元から八重歯が見える。とてもではないが、死者とは思えないほど明るくてかるい。士官学校でだって、こんなに気さくに喋るひとはいなかった。自分が『棺の騎士』に慣れたのは、フィルのおかげでもあるかもしれない。

「ちなみに副隊長は兄貴。アルヴィン隊長はけっこう怖えから……」

「あ、あの……」

　調子に乗って喋るフィルの後ろに、足音も立てずにやってきた人物に気付いて、ミリエルはひやひやしながら両手で棺の縁を握りしめた。

「鉄面皮？　それとも胃痛持ちですか？」

「胡蝶の小舅《こじゅうと》……いえっ良心っす！」

　淡々とした声に背筋を凍らせたフィルは、振り返りもせずに叫んだ。相変わらず眉間《みけん》に皺《しわ》を寄せたアルヴィンが、さらに顔をしかめた。

「心にもないことを。くだらないことを喋っている暇があったら、エドガーと一緒にこの資料と、執務室にある本を返してきてください。それと」

抱えていた書物や紙の束をフィルの棺の上に置き、拍手を送ってくれた『棺の騎士』エドガーにも目を向けたアルヴィンは、今度はミリエルのほうに顔を向けてきた。

たちまち緊張感が体を支配する。アルヴィンは率直すぎる言葉を平気で口にするので、すこし苦手だ。初対面の時の印象は簡単には払しょくできない。

討伐にはほとんど出ずに、おもに事務仕事をしているようで、詰所に常にいるミリエルとは顔を合わせる確率が高いのだが、どうにも慣れない。

せっかく人目を引くような華やかな顔立ちをしているのに、ほとんど表情を変えることもあまり笑うこともないのがもったいない気もする。

「うちの騎士団はそういうことには寛容ですが、別の騎士団の者に対しても同じ態度でいいとは思わないように。下手《へた》をすれば不敬罪で懲罰房《ちょうばつぼう》行きですから。あと――」

今度はなにをいわれるのかと身構えていると、アルヴィンは意外にも眉間の皺をわずかに緩《ゆる》めた。

「あなたはいまのうちに昼食をとってきなさい。エセルたちが帰城すれば、食べるどころではありませんから」

意外な言葉がアルヴィンの口から飛び出た。ミリエルが返事をするのを忘れて口をぽかんとあけていると、アルヴィンはすぐに咳払《せきばら》いをして眉間の皺を深めてしまった。

「わかったら、即座に行動をしてください」

「はいっ！」

弾《はじ》かれたように立ち上がって詰所から飛び出そうとすると、フィルがなにかを持って扉まで追いかけてきた。

「ミーちゃん、忘れ物、忘れ物。はい、これ。お昼を食べるんだったら、今日は兵舎の西の端の庭がおススメ。綺麗《きれい》に晴れているから、町がよく見渡せるよ」

爽《さわ》やかな笑顔とともにフィルから差し出されたのは、今朝、エセルバートの屋敷の料理人が昼食を詰めてくれたバスケットだった。

「ありがとうございます。すぐに戻ってきます」

バスケットを受け取って勢いよく頭を下げたミリエルは、あわてたように詰所から足早に出た。


フィルに教えてもらった場所は、たしかに高台にある城から城下町がよく見渡せた。

ぐるりと町を取り囲む白い壁のすぐそばまで深い森が迫っている。町からすこし離れた場所に士官学校の尖塔《せんとう》の先が見えた。

「すごい……」

なかば崖《がけ》のようになった場所に生えている木々の間隙《かんげき》から、感動してしばらく眺めていたが、手にしていたバスケットの存在を思い出し、ミリエルは兵舎の壁の横の芝生に腰を下ろした。秋が深まってはいたが、今日は天気もよくてぽかぽかと暖かい。

バスケットを開けてその片隅に入っていたビンのなかの水でかるく手を洗う。彩りよく詰められたサンドイッチを手に取ると、ふんわりと香草の香りが漂った。だが、バターにでも練りこんであるのか、香草そのものは見えない。

（いい香り。でも、すこし量が多いかな。食べきれないかも）

苦笑しながらかぶりつく。ブランデル家の料理人ははやくもミリエルの好みを見抜いたらしい。

仕官して何日かは兵舎に併設されている食堂に行ったが、士官学校の時よりも多いぶしつけな視線にあまり食べた気がしなくて、それなら別に食べなくてもいいかと昼食を抜いていた。だが、今朝、世話になっているエセルバートの屋敷から出仕する前にメイドが、主に用意するように頼まれたので、といって昼食を詰めたバスケットを持ってきたのだ。

（副隊長に見抜かれていたなんて……）

なんだか恥ずかしくて申し訳なかったが、屋敷を出る直前に魔獣出現の報を受けて慌ただしくなってしまったので、まだお礼をいえずにいる。

エセルバートと料理人に感謝して黙々と食べながら、ふと先ほどのことを思い出した。

『棺の騎士』を眠らせることはあまりうまくいっていない。祖母はこの役目もこなしていたというが、こんな有様で『暁の魔女』になれるのだろうか。

現在『暁の魔女』の地位にはだれも就いていない。そこには実力だけではなれない条件がある。ミリエルの祖母はその条件もかるく突破していた。そして衰えをみせることはなかったのに、ある日突然隠居を申し出たそうだ。

(おばあちゃんはどうして突然やめたんだろう)

時には王にも意見ができる特別な地位を退いたのは、いったいどんな理由があったのだろう。

自分には到底できない。すこしでも上の地位に行きたい。そして活躍しなければならないのだ。それにそれだけの実力を兼ね備えれば、弟だって起こせるかもしれないし、起こす方法が見つかるかもしれない。もしかしたら両親にも認めてもらえる。

だから『暁の魔女』になりたい。

ふいにかすかな羽音がした。

その音に食べる手を止めて顔を上げたミリエルは、視線の先の木の枝に白い小鳥がとまっているのを目にした。

小さなくちばしで羽づくろいするのを見て、自然と笑みが浮かぶ。

鳥は好きだ。綺麗な羽色も、かわいらしい仕草も。なにより、空から見る景色はどんなに素晴しいものだろうかと想像すると、楽しくなる。

ためしにパンをちぎって自分が座っているすこし先にまいてみる。すると鳥はしばらく警戒するようにじっとそれを見ていたが、ミリエルが極力動かないようにしていると、舞い降りてきてパンをつつきだした。微笑みながらその様子を眺めていた時だった。

「――胡蝶が戻ってきたって？」

窓が開け放たれたままの兵舎のなかからそんな声がした。驚いて兵舎の廊下をうかがうと、数人の同期の従騎士たちが移動しているようだった。

(副隊長たちが帰ってきたのなら、詰所に戻らないと)

手にしていた残りのパンをあわてて頬張《ほおば》りながら、聞くともなしに彼らの会話を聞く。

「今朝方出て行ったばかりで、昼に戻れるなんてな。やっぱりブランデル副隊長の活躍か」

「ああ『煉獄《れんごく》の処刑人』か。あのひとが胡蝶に入ってから、討伐成功率が上がったそうだしな。なんでも、討伐に出ると通ったあとが焼け野原になるとか……。本当か？」

「どうだろうな。けど、一度御前試合を見たことがあるが……。その噂《うわさ》も信じたくなるぞ。この前の任官式の時だって――」

噂には尾ひれがつくものだが、エセルバートの場合はそれほど外れていない。討伐が終わって帰ってくると、よくアルヴィンがあまりまわりを焼くなと怒っている。だから『煉獄の処刑人』などという呼び名がつくのだろう。

そんな実力の持ち主の婚約者が、遺言だとしても、ほんとうに自分なんかでいいのだろうか。

ひそやかにため息をついてバスケットを閉じる。

「そういえば、ミリエル・ノイエ」

唐突に自分の名前が耳に飛びこんできた。おもわず固唾《かたず》をのんで耳を澄ましてしまう。

「あの娘が胡蝶だなんて、信じられる？　いくらドルイドで、平均よりは上の実力だっていっても、もっと成績のいいひとは何人もいたじゃない。祖母が英雄だと、初めから優遇されていてうらやましいわ」

「ほんとうだな。ブランデル副隊長もいい迷惑だろうな。次期の『暁の魔女』だっていうのも、ブランデル副隊長の婚約者だっていうのも、おおかた英雄が孫可愛さに遺言でも残したんだろう」

祖母を非難する言葉に、ミリエルは怒りのあまり腰を上げかけた。パンくずをつついていた鳥がぱっと飛び立ち、膝《ひざ》に乗せていたバスケットが芝生に転がる。一瞬そちらに気を取られた時、聞きなれた心地のいい低い声が耳に飛びこんできた。

「――面白そうな話をしているじゃないか」

エセルバートの声だと気付いたミリエルは、とっさに窓の下に身を隠してしまった。

「もっとくわしく教えてくれないか、その噂話。第一騎士団・赤獅子《あかじし》の従騎士、ジャック・ワード？」

続いたエセルバートの声は面白そうな声音だったが、なぜかぞっとするような響きに身を強ばらせる。ミリエルと同様に恐れを感じたのか、それとも名前をいい当てられたせいか、従騎士は返答することもできずに立ち尽くしているようだった。

「ああ、そういえば、赤獅子の隊長がおまえを探していたぞ。ほかの連中もな」

「――失礼いたします！」

慌ただしくいくつもの足音が遠ざかっていくのに、ミリエルはようやく我に返ってそろそろと息を吐き出した。視界に転がったバスケットが映って、そっと手を伸ばす。

「――なあ、面白くて、くだらない噂話だったな、ミリエル」

ふいに頭上からそんな声が降ってきて、ミリエルは大きく目を見開いて上を見上げた。窓枠に頬杖をついたエセルバートが、不敵な笑みを浮かべてこちらを見下ろしていた。

「討伐、お疲れ様です！」

あわてて立ち上がって礼をとる。

討伐から帰ってきたばかりだというのに、身にまとった騎士服はどこも乱れていない。ひといきついているのにもかかわらず、襟元《えりもと》さえも緩めることはなかった。ただ、後ろでまとめられている赤銅色の長い髪がわずかにほつれているだけだ。ざっと見たところ、怪我らしい怪我もないようで、わずかに安堵《あんど》する。

「ご無事なようで、なによりです」

強ばっていた表情を和らげてエセルバートを見上げると、彼は満足そうに笑った。かと思うと、窓枠を乗り越えて庭に下り立った。そうしてなぜかミリエルの足元にしゃがむ。

「なんだ、ほとんど食べていないじゃないか」

エセルバートがバスケットを起こして中身を取り出そうとしているのを目にして、ミリエルはあわててしゃがみこんでバスケットを抱えた。

「あの、すみません。わたしの食べかけですし、副隊長に差し上げるにはけっこうくずれてて……。せっかく昼食を用意するように、副隊長がいってくれたのに、こんな風にしてしまって……」

「これは、ふたり分だろう。おまえはこの量をひとりで食べきれるほどの大食漢なのか。それともおまえが食べさせてくれるのか？」

「い、いいえ！」

ついと眼鏡を押し上げ、うっすらとどこか色気を漂わせて笑ったエセルバートに、ミリエルは激しく首を横に振ってバスケットを差し出した。

（どうりで量が多いと思った。ふたり分だったなんて。ちゃんといってくれればいいのに）

自分の早とちりのせいだとはわかってはいたが、恨めしい気持ちになる。ミリエルの複雑な視線を受けながらも、エセルバートはくずれたサンドイッチを気にもせずに口に放り込んだ。

「おまえもまだ途中だろう。さっさと食べて、詰所に戻れ。フィルたちが大騒ぎをしているから」

バスケットをこちらに向けられて、ミリエルは反射的にそれを受け取った。エセルバートが戻ってきたのならば、きっと詰所は手当てやその他のことで大わらわだ。『棺の騎士』は討伐から帰ってきたあとがかなり壮絶なことになる。焦って噛《か》むのもそこそこにサンドイッチを飲みこむと、飲み損ねて喉《のど》に詰まった。

「……っ！」

「おい、大丈夫か。ほら、水だ」

バスケットに一緒に入れられていた水の瓶を差し出され、背中をさすられながらどうにか飲み下すと、ミリエルはエセルバートからあわてて距離をとった。いくら弟を眠らせてしまったことは、普通ではありえないといわれても、極力触らない方がいい。

「すみません……」

つぶれたカエルのような声で涙目になって謝ると、エセルバートは額を押さえて苦笑した。

「もう焦らせないから、ゆっくり食べろ」

「いえ、もう充分です。それより、あの……」

先ほどから気になっていたことを口にしようとして、ミリエルは居住まいを正した。

「さっきはありがとうございました」

「なんの話だ？　噂話を聞こうとして、逃げられただけだ」

こちらを見もせずにそういうエセルバートの心遣いに気付いたが、逆にそれが心苦しくて、ミリエルはおもわず目を伏せた。

「お気遣いありがとうございます。でも……さっきのひとたちの言葉が間違っていないことを、副隊長は知っていますよね」

ミリエルは腰に下げた白銀の銃をきつく握りしめた。ひんやりとした質感の金属が指先に吸い付く。

「わたしは次期の『暁の魔女』なのに、魔女になる条件……魔具『暁の女神』が使えないんですから」

『暁の魔女』になる実力以外の条件。

それは古代王国で初代の『暁の魔女』が使っていた白銀の魔銃『暁の女神』が使えること。

「子供の頃に神殿で『暁の魔女』になる査定を受けた日から、どんなに修練を積んでも一度も『暁の女神』を使えたことがありません。たしかに、査定のすこし前までは使えていたのに」

手が白くなるほど白銀の銃を握る手に力をこめる。

この事実は、国の中枢の人物たちしか知らない。精鋭部隊・第二騎士団胡蝶の副隊長を務めるエセルバートなら、知っていて当然のはずだ。

「たまたま子供の頃に使えただけ。わたしは祖母と、神殿が許してくれなければ、ほんとうならこの魔具を持つ資格さえもない。でも、祖母を侮辱《ぶじょく》することだけは許せなかったんです」

ミリエルが唇をかみしめて黙りこんでしまうと、それまで無言でいたエセルバートが小さく嘆息したのが聞こえた。

「資格がない？　そんなことはないだろう。おまえは『暁の魔女』の血族なんだから。そうじゃなかったら、たまたまでも『暁の女神』が使えるはずがない。それに、自分の祖母を非難されて怒るのはあたりまえだ。恥じることはないだろう」

当然のことのようにいわれた言葉に、ミリエルは唇をかみしめたままぱっと顔を上げた。喉が急速に渇いていく。

「たしかに『暁の魔女』の血をひいていなければ、『暁の女神』を使えません。でも、わたしは――わたしはほんとうは英雄の孫なんかじゃないんです！」

声を絞り出すように叫んで、拳《こぶし》に力をこめる。エセルバートの眼鏡の向こうの濃紫の双眸《そうぼう》がわずかに細められた。

「養子なんです。祖母とも、両親とも、弟とだって血がつながっていない。わたしは英雄の孫なんかじゃない！」

エセルバートの咎《とが》めているようにも見える強い視線から逃れたくて、両手で顔を覆って俯《うつむ》く。

弟を眠らせてしまった時、初めて聞かされたこと。

ずっと両親だと信じていた彼らが、実の両親ではなかったと知ったあの衝撃。実の両親はすでにこの世にはいない、おまえは祖母がどこからか連れてきた捨て子だったのだ、と。泣きわめいていても、どんなにすがりついても、ノイエの両親が慰めの手を出してくれることはそれ以降いっさいなかった。

　ふいにエセルバートが動く気配がしたかと思うと、ぽん、と頭にかるい衝撃を感じた。

「――頑張ってきたんだな」

　耳に心地のいい声が紡いだ言葉に、ミリエルは息を止めた。

「実は、おまえが養子なのはジェシカ様から聞いているんだ。それでもさっきみたいなやっかみにも負けないで、英雄の養子だということにも胡坐をかかずに、努力をしてきたんだろう？　血のつながりがなくても諦《あきら》めもせずに、家族のために。よく頑張ってきたな」

　頭を撫《な》でる手が顔に下りてくると、顔を覆うミリエルの手をゆっくりとはずしてそのまま大きな手で握りこまれた。ミリエルの顔を覗きこみ口端を持ち上げて笑うエセルバートに、わずかにうるんだ目を向ける。

　肩に入りすぎていた力が抜け、胸の中がほんのりと温かくなる。

　褒めてもらえるほどの成果をあげたわけではない。それでも、このままだれにも認められないのではないかという恐れと苦しさは常に抱えていた。指の背で眼鏡の中央を押し上げたエセルバートの深い紫色の双眸がじっと見下ろしてくる。

「努力を惜しまないやつが、俺は好きだ」

　どきんと鼓動が普段よりも大きく波打つ。いつもの軽口とは違い真摯《しんし》な響きで口にされた言葉に、ミリエルは握られていないほうの手で自分の胸元を握って俯いた。いつも以上に赤くなってしまった顔を見られたくはなかった。

つい先ほどまでは氷のように冷たかった『暁の女神』が、励ますようにほんのりとぬくもりを持っているのに気付く。

(落ち着いて、そんな意味じゃないから)

ミリエルは小さく息を吸って、ようやく顔を上げた。秋のわずかに乾いた風が、火照《ほて》った頬を撫でて気持ちがよかった。

「――わたし、もっと頑張ります」

自然と口元に笑みが浮かぶ。その言葉だけで元気とやる気が湧《わ》いてくる。

エセルバートはなぜかどこか驚いたように目を瞬いたが、すぐに自分も笑みを浮かべてそっと手を放した。

「そうか」

しかし次の瞬間、エセルバートに崩れたサンドイッチの欠片《かけら》を唇に押し付けられた。

「まあ、頑張るんだったら、ちゃんと食べろ。おまえはすこし細すぎる。そんなだと、いくら頑張ろうにも体力がもたないからな」

脇腹《わきばら》のあたりを撫で上げられて、驚きに小さく口を開けると、さらに押しこまれた。わずかにその指先が唇に触れて、おもわず口元を押さえて飛びのく。動悸《どうき》が激しい。顔に血が上る。

「な、なにす……」

「俺の屋敷の料理人の腕はなかなかのものだろう?」

悪びれなくいったエセルバートに、ミリエルは動揺のあまり再び喉に詰まらせそうになったパンを、なんとか飲み下した。

(あ、味なんてわかるわけない……っ)

真っ赤な顔で兵舎の壁にはりつき、ただエセルバートを見つめる。

「ほら、もうひとくち。頑張るんだろう? それに俺はもうすこしふくよかな方が好みだ。なあ、婚約者どの?」

(好みって……。からかっているだけよね!?)

またサンドイッチを差し出してきたエセルバートの目は、完全にミリエルの反応を面白がっていた。

あたふたと落ち着かなげに左右を見回して逃げ場を探す。

こんなふうにからかうなんて。任務中にはあれほど真剣で、だれよりもきっちりと騎士服を着るくせに。いまだって、顔周辺以外は肌が見えていない。エセルバートの屋敷でも、当初心配していたように過剰に接してくるようなことはないので、ほっとしているのに。

ふいに頭上から、笑いをふくんだ能天気な声が降ってきた。

「兄貴、いちゃつくのはいいんすけど、もっと暇な時にしてくださいよ。ミーちゃんが戻ってこないから、後始末に駆り出されたアルヴィン隊長がぶち切れる寸前っす」

あわてて頭上、兵舎を見上げたミリエルは、窓枠に腕をついてにやにやと笑うフィルを見つけて、ぶんぶんと首を横に振った。

「いちゃついてなんかいません！」

「そんな力いっぱい否定しなくてもいいって。あと、いくらふたりきりのところを邪魔されたからって、怖い顔で睨《にら》まないでくださいよ、兄貴」

顔を引きつらせたフィルは、片膝をたてて睨み上げているエセルバートを恐れるように窓枠から腕をどかして背筋をのばした。

「そっちじゃない。なんだその『ミーちゃん』って。猫か」

「え、そっちっすか？『ミリエルちゃん』だと長いから縮めただけっす。かわいいじゃないですか、ミーちゃん」

「かわいくない。ばかっぽく聞こえるから、やめろ。おまえの名づけ感覚は最悪だ」

「ひどっ、全否定っすか！」

わざとらしく傷ついた表情をしたフィルを無視して、エセルバートがいまだに羞恥《しゅうち》に固まっていたミリエルを振り返った。

「アルヴィンが青筋をたてているそうだから、行け。昼食はとっておいてやるから。向こうが一段落したら食べればいい」

「あ、はい。ありがとうございます。……あれ？」

促《うなが》されるままに立ち上がろうとして、がくりと膝から力が抜けた。地面に手をついて、必死に立ち上がろうとするが、本気で力が入らない。

「どうした」

「――すみません、腰が抜けました」

怪訝《けげん》そうなエセルバートを前に、情けなく訴える。先ほどとは別の意味で、本気で穴があったら入りたかった。たかが唇に手袋ごしに指が触れたくらいでこんなことになるなんて。

「ああ、うん、俺が悪かった」

あきれたように片手で眼鏡を押し上げ苦笑いをしたエセルバートの背後で、フィルが弾《はじ》けるように爆笑した。

＊＊＊

入隊からひと月が過ぎた。

晩秋の弱い陽の光が差しこむ兵舎のさほど広くない廊下を、ミリエルは数着の真新しい騎士服を抱えて小走りに駆けていた。その先を大股で歩いていくのは茶色の髪を短く刈りこんだ同僚の『棺の騎士』で、ミリエルよりも大量の騎士服とその他細々とした付属品を抱えていた。

「ミリエル、大丈夫か？」

心配そうに振り返ってきた騎士に、ミリエルは息を乱しつつも大きく頷《うなず》いた。

「はいっ、大丈夫です。わたしのことは気にせずに、クリスさんは先に行ってください。きっとそろそろ副隊長たちが討伐から戻ってくる頃です」

発注していた冬の騎士服が届いたので、取りに来てほしいとの連絡を受けて、アルヴィンに今日の留守居役のクリスと取りに行くようにいわれた。二十数名分の騎士服は一度には運べずに何度か往復していたので、さすがに疲れが出てきた。冬用に厚い生地で作られた騎士服は重く、これが最後の分のせいか腕が震えてくる。

「無理はしないでくれよ」

わずかにためらうそぶりを見せたクリスだったが、それでも忙しそうに足早に歩いて行った。クリスの姿が見えなくなっても、ミリエルは速度を落とすことはせずに先を急いだ。

（ええと、副隊長たちが戻ってきたら、ふたりは三日に一度の休眠日だから……）

そんなことを考えながら荷物を抱え直した拍子に、一番上の上着が滑り落ちる。

「あっ！」

おもわず踏みそうになってあわてて立ち止まると、さらに数枚が落ちてしまった。とっさに手をのばすと、ミリエルがつかむよりも先に白い手が騎士服を拾い上げた。

「ありがとうござ……います」

騎士服を拾ってくれたのは銀糸の刺繍《ししゅう》が施された神官服を纏った男だった。神官が神殿の警護の関係で兵舎に出入りするのはめずらしいことではないが、深くフードを被《かぶ》ったその姿に面食らって礼がぎこちなくなる。

「はい、どうぞ。気を付けて」

口元だけでにこりと笑って抱えていた騎士服の上に拾ったものを乗せたかと思うと、男は呆《ぼう》然《ぜん》と立ち尽くすミリエルの横を通り過ぎて行った。

男の姿が視界から消えて、ようやく我に返ったミリエルはそっと振り返ったが、すでにその姿はなかった。わずかに引っかかりを覚えたが、きっとどこかの部屋に入ったのだろうと思い直し、再び足を動かす。

詰所の外扉の前までやって来ると、クリスが出てくるところだった。

「ああ、よかった。ちょうどみんなが戻ってきたところなんだ」

「あ、すみません。ありがとうございます」

ミリエルが持っていた騎士服をひょいと受け取って、なかに入っていくクリスのあとをあわてて追いかける。

クリスが棺の部屋の扉を開けると、外の埃《ほこり》っぽい空気が鼻をかすめ、賑《にぎ》やかな声が室内で飛び交っていた。

「あれ、魔具が欠けてるぞ！」

「だれか俺の上着を知らないか？」

「うわあ、ざっくり切れたなあ……」

　喧噪《けんそう》のなかをぐるりと見回したミリエルは、エセルバートの姿がないことに気付いてすこし心配になったが、いつものように包帯や添え木といった手当ての品が詰められた箱を部屋の片隅から持ってくると、切れたと騒いでいた騎士のそばにしゃがみこんだ。

「グレアムさん、お疲れ様です。大丈夫ですか？」

『棺の騎士』はすでに体が機能を失っているせいか、血が流れることも痛みを感じることもないが、それでも生々しい傷痕は残る。医師に診《み》せられないので、自分たちで手当てをするしかないのだと聞かされた時には躊躇《ちゅうちょ》したが、それもいまでは慣れてきた。

「大丈夫だよぉ。腱《けん》は切れていないみたいだから」

「あの、その、そんなに動かさない方がいいですよ」

　傷ついた腕を上下に振るグレアムをあわてて止めて手当てをする。

（ほんとうだったら、飲み物くらい配りたいけど……、飲めないし）

　飲食ができなかったり、三日に一度棺で眠ればあとは眠りを必要しないなど、細々としたところが違うのは、見た目は生者と同じなだけに、よけいに胸に迫るものがある。

　その後数人の騎士の手当てを手伝っていると、いつの間にかエセルバートが戻ってきていた。

（怪我は、していないみたいよね？）

ミリエルや留守居の騎士と同じように手当てを手伝い始めたエセルバートをちらちらと見ていると、ふいに視線が合った。

（見られたっ）

観察していたのを気付かれたようで、恥ずかしさのあまりぱっと顔をそらす。手当てをしかけていた目の前の騎士にくすりと笑われたのにも、頬が熱くなった。ふいにその背後から肩を叩《たた》かれて大げさに肩を揺らして振り返る。新しい騎士服を抱えた騎士がわずかに困惑した表情でそこに立っていた。

「ミリエル、この冬服の上着、小さい。君のじゃないか」

「え、すみません！　最後に持ってきた分がありますので……」

上着を受け取り、騎士服が置かれた部屋の片隅の机から別の物を取ってきて彼に渡す。その間、なんとなく視線を感じてそちらを見ると、エセルバートがなにか物いいたげにこちらを見ていた。

（なに？）

なにか用でもあるのかと思ってそちらに行きかけると、それをまた別の騎士に呼び止められる。

「ミリエルちゃん、包帯の予備ってもらってきてある？」

「あ、はい。隣の武器庫の……」

　結局それからもいろいろと慌ただしくて、エセルバートのそばに行けたのは三十分以上もあとのことだった。開け放たれたままの執務室につながる戸口に寄りかかり、執務室のなかにいるアルヴィンと話していたエセルバートがこちらを振り返ったので、騎士服を差し出す。

「お疲れ様です。あの、これ新しい騎士服です」

「ああ、悪いな」

　かるく眼鏡を押し上げ、笑って受け取ってくれたエセルバートを上から下までざっと見て、怪我がないのを確認するとようやく息がつけた。そうして不思議なものでも見るようにじっと見下ろしてくるエセルバートと再び目が合って、動揺する。

「なにか、変ですか？」

「いや……、うちの騎士団のやつらに慣れてきたなと思ってな。初めは倒れるくらい怖がっていたじゃないか」

「それは……、初めは驚きましたけれども、すこし体が違うだけで、他は普通のひとと変わらないですし。せっかく良くしてもらっているのに、怖がるのはもったいない気がして」

　ちらりと『棺の騎士』たちを振り返って、胸元を握りしめてかすかに笑う。

「恥ずかしいことなんですけれども、仕官学校では同学年でもこんなに遠慮なく接してもらえることがなかったので、なんだか嬉《うれ》しいんです」

『英雄の孫』、『次期・暁の魔女』と囁《ささや》かれて、腫《は》れ物を扱うように遠巻きにされていた。陰口は別として、寂しく思っていたのも事実だ。

「それに、その、副隊長の婚約者がいつまでたっても怯《おび》えているのは、情けないと思いますし……。すこしでも迷惑をかけないようにしたくて」

エセルバートを振り仰いで真摯にいい募る。ふいにエセルバートがかるく眉《まゆ》をひそめて不機嫌そうに唇をゆがめたかと思うと、片腕で肩を引き寄せてきた。騎士服とエセルバートの髪が頬に当たって、抱きしめられているのに気付く。

「はなしてください！　みんなが見てます！」

恥ずかしさと、眠らせてしまうのでは、という恐れをいまだに払しょくできずに、身をよじると、いつもはからかってなかなかはなしてくれないエセルバートが、あっさりと解放してくれた。不思議に思って彼を見上げ、そのゆがめられたままの表情にすぐにはっと気づく。

「怪我をしているんですね。診せてください！」

「いや、していない、大丈夫だ」

「でも……」

「ほら、後片付けの途中なんだろう」

苦笑して促されてしまい、ミリエルは気になりつつもそばを離れかけて、すぐに振り返った。

「小さい傷でも、ちゃんと手当てはしてくださいね」

返答の代わりにエセルバートがひらひらと片手を振ってくれたので、ミリエルは心配しつつも後片付けに戻った。

ミリエルがそばから離れると、エセルバートは渡された騎士服を抱えたまま、嘆息した。

「なんだか、極悪人になった気分だ」

執務室で机について書類を書きつけていたアルヴィンに向けてそうこぼす。

「極悪人でしょう。なにをいまさら。私も同罪ですが、あなたほど悔いはしないでしょうね」

抑揚《よくよう》なく返ってきた言葉を聞きながら、ミリエルの肩を引き寄せた手をじっと見据える。

(悔い、か……)

じわりと胸のなかににじんだ苦い思いに、エセルバートはそれを押しこめるようにぐっと手を握りしめた。

「——これまでに相手をしたご婦人方と勝手が違って、すこし困っているのでしょう」

書き終えた書類を整えながら唐突にいったアルヴィンに、エセルバートは渋い顔をした。

たしかにアルヴィンのいうとおりに、これまでに関係をもった女性たちはどちらかといえばはっきりと物をいった。ミリエルのようにおとなしい娘はどうも扱いに困る。

「放っておけないだけだ。頼りなくて、一生懸命で、その気もないのに手を貸したくなる」

詰所の方を見やると、ミリエルが細々と後片付けをしているのが見えて、なんとなく複雑な気分になる。

「まあ、悲しませることにならないかと、これでも心配しているのですが」

嘆息したアルヴィンが、かたりと引き出しを開ける音がして、そちらを振り返る。

「――これ、神殿に問い合わせたミリエルの戸籍の件があがってきましたよ。調べたことは彼女には黙っているのでしょう」

ひと揃《そろ》えの書類を差し出され、片眉を跳ね上げる。寄りかかっていた執務室の扉を閉めたエセルバートは、新しい騎士服を中央の長椅子《いす》に放って、嘆息まじりにそれを受け取った。

「ああ、ミリエルの実の両親のことか。ようやく出てきたのか。やっぱり神殿はもったいぶる……」

内容を読み進めたエセルバートは口をつぐんでアルヴィンに鋭い視線を向けた。

「神殿が秘匿《ひとく》するはずですよ。ジェシカ様からも隠すように指示されていたようですし。あちらは当然わかっているでしょうね」

眉間の皺を深めたアルヴィンの前に書類を置いたエセルバートは、渋面《じゅうめん》を浮かべて先ほど騎士服を置いた長椅子へ腰を下ろした。

「二週間後の陛下の生誕祭の夜会、ミリエルも連れて行くつもりだといっていましたが、ほんとうに連れて行きますか？」

アルヴィンが抑揚のない声でエセルバートに確認してくるのに、わずかに思案し、すぐに皮肉げに鼻で笑って肩をすくめる。

「ああ、当初の予定通りに。あちらの出方を見たい。これが得策だとは思わないが……まあそれほど心配する事態にはならないだろう」

「出てこなかったらどうするつもりですか」

「いや、出てくる。確実に」

あっさりといい切ると、アルヴィンはいぶかしげにこちらを見た。

「腹が立つことに、あいつは士官学校に入る前の俺に似ている。虚栄心に凝《こ》り固まった嫉妬《しっと》の塊《かたまり》にな。そのくせ、それをまったく表に出さない。小賢《こざか》しい子供だった」

額に手を置いて、苦笑する。アルヴィンがすっと目を細めて嘆息した。

「とにかく、あいつは必ず出てくる。賭《か》けてもいい」

「ではあなたが負けたら髪を切る、ということで」

アルヴィンはエセルバートの後ろでひとつにまとめられた赤銅色の髪を指し示した。

突拍子もないことをいい出したアルヴィンに、エセルバートは顔をゆがめた。

「『棺の騎士』と違って、髪は俺の魔力の源のひとつなんだ。冗談でもやめてくれ。草刈り鎌くらいの小さな魔具しか使えなくなったらどうしてくれる」

「草刈り鎌でも使えるなら結構。だらだらとうっとうしいんですよ」

冷えた笑みを浮かべたアルヴィンに、エセルバートは今にも根元から切られそうな錯覚がして、そっと髪を押さえた。やるといったらこの男ならやりそうだ。

「まあ、それはそれとして、だ――」

エセルバートが言葉を続けようとした時、執務室の扉が叩かれた。アルヴィンの返事に、扉からおずおずと顔を出したのはミリエルだった。

「お話し中にすみません。あの、アルヴィン隊長の騎士服です」

「ああ、ありがとうございます」

アルヴィンに服を渡したミリエルは、そのまま出て行くかと思ったがエセルバートのそばまでやってくると、小さな缶に入った軟膏《なんこう》を差し出した。

「左の頬がすこし切れてます。大したことはないと思いますけど、塗っておいた方がいいと思ったので……」

エセルバートの手に缶を置いて、忙しそうに執務室を出て行くミリエルの姿が見えなくなった途端、眉間の皺を深めたアルヴィンが低く呼びかけてきた。

「エセル……」

「わかっている。あのことはばれないようにすればいいだけだ。なにもいうな」

エセルバートはかるく嘆息して前髪に片手を突っ込んだ。その拍子にぴり、とした痛みを頬に感じて、ミリエルから渡された缶を強く握りしめた。

＊＊＊

空気が肌をさすほどに冷たい。いまにも雪が降りそうな鉛色の空を見上げて、ミリエルは両手に息を吹きかけた。乳白色に染まるそれは暖かいが、視覚的にはよけいに寒さを募らせる。大陸の南に位置するシルヴェスタにも短い冬がやってきた。雪などめったに降らないが、この分だと正午あたりには降ってくるかもしれない。

ひんやりと氷のように冷たい質感をともなう、祖母から受け継いだ銃を握りしめる。

ミリエルの手から肘《ひじ》までの長さの細身の銃は、片手で持ってもさほど重くはない。白銀に掘り込まれた蔦《つた》模様の合間にまるで果実のように大小いくつもの宝玉がちりばめられ、ちょっと見にはとても実用的には思えない。

両手で『暁の女神』を握り、ゆっくりと凍えるような早朝の空気を吸い込んだ。

エセルバートの屋敷の裏庭は、まるで都の外の樹海の一部を切り取ったかのような緑の濃い林になっていた。

この屋敷に来たばかりの頃、散策していてその林のなかに開けた場所があるのを見つけた。いびつに丸く開墾されたその端の木々が、ところどころ焦《こ》げているのに気付いて、エセルバートがやったのだとわかった。

エセルバートに許可をもらい、以来このひと月半、ミリエルは出仕する前にここで修練をすることを日課にしていた。

意識を研ぎ澄ませる。このところは寒さで少なくなった鳥の声も、すっと溶けるように聞こえなくなる。

「『暁の魔女が命じる。水の貴婦人ウンディーネ、風の娘シルフ、炎の主サラマンダー、大地の守護者ノーム、そのひとしずく、ひとふき、ひとかけら、ひとにぎりをわが暁の女神に宿せ』」

呪言に呼応して、体中にめぐるそれぞれの魔力が行き場を求めて、身の内を駆け巡る。鳥のさえずりにも似た心地よい音がした。

手にしていた魔具が先ほどとは打って変わって、ほんのりとしたぬくもりを持ち始めた。銃身の至る場所にはめ込まれたいくつもの半透明の宝玉が淡く光を帯びる。

ミリエルを中心に凍えた空気が渦を巻く。『暁の女神』に魔力が満たされる。

――と、空気が抜けるような感覚がして、淡く光を帯びていた宝玉も、何度か点滅を繰り返したあと、消えてしまった。それとほぼ同時に、あれほど集まっていた魔力もまたたく間に霧散してしまう。

「また……」

ため息をついて、落胆に肩を落とす。何度やっても発動するどころか、悔しいことに魔力さえも溜《た》まらない。

時々、魔力を溜めるやり方をエセルバートが教えてくれることもあったが、それでもあまり芳《かんば》しくなかった。

（やっぱり、魔力が足りていないのかな）

ぬくもりを失い、再び氷の塊と化した魔具を眺めて、思案していると、ふいに背後で草を踏む音がした。

「ミリエル、ちょっと『暁の女神』を見せてみろ」

驚いてそちらに視線を向けると、いつの間にやってきたのか、わずかに眠たげな声を発したエセルバートが、あくびをかみ殺して木に寄りかかっていた。早朝なのにもかかわらず、いつものようにその服装はまったく乱れていない。

「おはようございます、副隊長。あの、これをですか」

「ん、ああ」

エセルバートが緩慢《かんまん》に頷いたので、ちゃんと目が覚めているのだろうかと心配になったが、両手で捧げ持つようにして渡すと、彼は軽々と持ち上げた。

その途端に、なにかぱきりと割れた音がしたかと思うと、エセルバートの手袋があろうことか燃え出した。

「副隊長！」

ミリエルは蒼白《そうはく》になって手を出そうとしたが、しかしエセルバートは慌てることもなく手袋を捨て去った。その下から古い火傷の痕が現れて、息を飲む。

「ああ、やっぱりか。ずいぶん前にジェシカ様に持たせてもらった時も同じだったが、これに触ると相性がよくないのかこうなるんだ。気にするな、怪我はしていない」

新たな火傷を負っていないことを証明するようにひらひらと片手を振ってみせるエセルバートに、半信半疑ながらもほっとする。

しばらくの間『暁の女神』をいろいろな角度から観察していたエセルバートだったが、やがて指先で銃をかるく叩いた。

「これ、石がひとつ足りないぞ」

「え？」

エセルバートは驚いて口をぽかんと開けたミリエルに銃を返すと、眼鏡を外し目頭を押しながら、ようやく目が覚めたような声で告げた。

「たしかその銃身にはめ込まれた宝玉のすぐ後ろにもうひとつあったはずだ。反対側にはあるだろう」

ミリエルがあわてて宝玉の位置をたしかめると、エセルバートのいっていたとおり、左右対称であるべき宝玉の数が右側だけひとつ足りなかった。

「どうして気付かなかったの……」

あまりのことに声がかすれた。

眼鏡をかけなおしたエセルバートが思案しつつ腕を組んだ。

「古代王国の遺品だ。おまえが気付かなかったとなると、石がないことを隠す魔術でもかかっていたのかもな。さっきの俺の魔力に反応してそれが解けたか……。その石が足りないせいなのか、おまえの魔力が足りないせいなのかわからないが、いつから使えなくなったんだ」

「四つの年に受けた神殿の査定の時にはもう使えませんでした。でも、そのすこし前まではちゃんと使えていたんです。まだわたしが受け継いでいなくて祖母の物だった時には」

ミリエルはぞくりと感じた悪寒に身を震わせた。祖母はまた使えるようになるとなぐさめてくれたが、あの時の一部の神官からの背筋も凍るような冷たい視線を忘れるはずがない。

ミリエルの言葉を聞いたエセルバートは指を折ってなにかを数えていたかと思うと、顔をしかめた。

「俺が見たのは査定の一年くらい前だな。ジェシカ様は普通に使えていたな」

難しい顔のまま、組んだ腕を指先で叩きながら思案するエセルバートを前に、ミリエルは愕《がく》然《ぜん》としたまま『暁の女神』を握りしめた。

「そんな……」

魔具を握りしめて立ち尽くす。使えないのも、石をなくしてしまったのも、自分のせいだというのだろうか。

「受け継いだその時になにかあったのかもしれないな。おまえの父親がなにか知っているかもしれないぞ」

「知らないと思います。祖母は『暁の女神』を父にはいっさい触らせませんでしたから」

力なく首を横に振ったミリエルは、視線を落としてその仕草とは裏腹に強い言葉で否定した。

(お父様にこれを知られたら、なんていわれるかわからない)

弟を眠らせてしまったり、とただでさえミリエルのことには神経質になっているのだから。

頑なに口をつぐんでしまったミリエルを説得しようとするつもりか、エセルバートが口を開きかけた時、背後でひとの気配がした。

「どうも『暁の魔女』になるには、まだほど遠いようですね」

かけられた抑揚のない声に肩を揺らして振り返ると、いつもの騎士服ではなく、上品な濃紺の上着を身に着けたアルヴィンが小脇に書類を抱えてそこに立っていた。

「おはようございます、アルヴィン隊長」

どうしてこんな早朝にアルヴィンがここにいるのかわからずに、ミリエルは内心で首を傾《かし》げながらとりあえず挨拶《あいさつ》をして頭を下げた。

「おはようございます」

　淡々と挨拶を返してくれたアルヴィンにエセルバートが組んでいた腕を解いて、驚いたようにかるく眼鏡を押し上げた。

「アルヴィン、おまえ自分の屋敷で待っているはずじゃなかったのか」

「あなたに急ぎの報告があったので、こちらに来たのです。ミリエル、まったく準備はできていないようですが、時間がもったいないので行きますよ」

「え？　どこへですか？」

　相変わらず無表情のアルヴィンがなにをいっているのかわからずに、立ち尽くしていると、彼は眉間の皺を深くしてため息まじりにエセルバートを振り返った。

「エセル、あれだけ説明しておいてくださいといっておいたでしょう」

「ああ、悪い。忘れてた」

「連れて行くと決めたのはあなたでしょうに」

　あくびをかみ殺して、非難されてもまったく堪《こた》えた様子のないエセルバートに再びため息をついたアルヴィンは、ミリエルの方に向き直った。

「今日は国王陛下の生誕の祝祭があるのはわかっていますね」

「はい、胡蝶はアルヴィン隊長と副隊長が式典に出席され、それ以外の騎士は警護をする予定になっています」

急に予定を聞かれたミリエルは、緊張感に背筋を伸ばしながらも必死で答えた。

ここ数日、胡蝶は賓客や都に訪れる旅人のために都の周辺を警戒して回っていた。今日はもしも魔獣が出た時のために壁門に配置されるとかで、ミリエルもいまだに討伐には出してもらえないものの、ほかの『棺の騎士』と一緒に配置につくことになっている。

フィルが城とは別に都のなかがそれは華やかになるといっていたので、警護の合間に見られるかもしれない、と不謹慎だと思うが楽しみにしていた。

アルヴィンはミリエルの答えに鷹揚《おうよう》に頷いて、いつもの感情が読み取れない目でこちらを見据えてきた。

「あなたは警護には出なくていいです」

「わたし、なにか失敗をしましたか？」

ミリエルは胸元を強く握り、反射的にいい募った。

最初の頃はまだしも、最近ではなんとか要領を覚えてきたので、表立った失敗はないはずだ。

「なんでもすぐに自分の非を心配するのはやめなさい。私は自分自身を卑下《ひげ》する者は気に食わない。それに、最後までひとの話はききなさい」

「も……、以後、気を付けます」

アルヴィンに冷えた目を向けられて、謝罪の言葉を口にしようとしたミリエルは寸前で別の言葉を口にした。

気を取り直したアルヴィンが深くなった眉間の皺をわずかに緩めて、咳払いをする。

「あなたは式典のあとに行われる祝賀の夜会にエセルの婚約者として出席してもらいます」

「……はい？　すみません、いっていることがよくわかりません」

かすかに首を傾げると、アルヴィンがあきれたようにため息をついた。

「あなたを夜会に連れて行くといっているのです。急きょといっても、二週間ほど前にはそういう手筈《てはず》にしたはずなんですが、それをこの男はあなたにまったく伝えていなかったようで」

「いったらきっとこいつのことだから、緊張で食事も喉を通らなくなりそうだったからな」

アルヴィンの非難の視線を受けても、エセルバートはどこ吹く風で、あまつさえそんなことをいってきた。

（それはそうかもしれないけど、それにしたって突然すぎます！）

心の準備どころの話ではない。エセルバートを睨みつけわめきちらしたくなるのをぐっとこらえて、はたと気付いた。

「あの、わたし夜会に行けるような服を持っていませんけど……。いつもの騎士服でかまいませんか？」

「駄目に決まっているでしょう。それは心配いりません。私の方で用意をしてあります。ほら、ですから私の屋敷に行きますよ。女性の支度は時間がかかるそうですから」

言外にはやく出かける支度をしろ、と促してくるアルヴィンに、ミリエルは呆然とエセルバートを見やった。視線に気付いたエセルバートが、口角を持ち上げて意地悪く笑う。

「せっかく用意をさせたんだ。遠慮するな。それとも俺が相手じゃ不満か？」

手袋に隠されていない火傷の痕が残る手が伸びてきたかと思うと、顎をすくわれた。ぞわりと湧き起こる恐れにも似た震えに、ミリエルはその長い指から逃れるように後ずさった。

「さ、触らないでください。もしも眠らせてしまったら……」

「そんなことはないと、何度もいっているだろう。まあ、それじゃ、夜にな。俺のために着飾ってくれるのを楽しみにしているからな」

エセルバートは無責任にも上機嫌にひらひらと片手を振り、有無をいわせない笑みを浮かべた。

＊＊＊

（疲れた……。もう帰りたい……）

体を動かしたあととは別の、気疲れに近い疲労感に、ミリエルはぐったりとしていた。

アルヴィンの屋敷から馬車に乗せられて王城へと向かう道は、フィルがいっていたとおり、冬のいまは高価だろう花や、色とりどりのリボンや布で飾られていて、華やかで綺麗だ。歩いている人々の服装も、いつもより彩りが明るい。

だが、ミリエルにはその景色を楽しむ余裕などなかった。

ミリエルがしぶしぶとアルヴィンに連れられて彼の別邸だという屋敷に着くと、待ちかまえていたメイドたちに口をはさむ暇さえも与えられず、あっという間にもみくちゃにされた。

すべての支度が整い、昼間の式典に参列していたアルヴィンが客につかまったというエセルバートの代わりに迎えに来たのは、すでに日が落ちかけていた頃だった。

毛織の外套《がいとう》の下に着た、身動きするたびにさらさらと揺れる、手触りのいい真珠色の絹のドレスは驚くほどかるい。白金色の髪は、髪の片側だけを編みこんで、瞳と同じ色の紫水晶で作られた藤《ふじ》の花の形の髪留めで止めている。首を動かすと、花房に見立てた粒が氷がこすれるような儚《はかな》い音をたてた。

綺麗なドレスを着せてもらえたりするのはやはり嬉しかったが、こんなに疲れるぐらいなら、士官学校でやった野外訓練の方がまだましだった。

(こんなことをしている場合じゃないのに……)

焦燥感《しょうそうかん》に膝の上に置いた手を握りしめる。

エセルバートにないと指摘された『暁の女神』の宝玉はどこへいってしまったのだろう。なにせ自分が四つの時だ。記憶もあいまいで、『暁の魔女』の査定に通らなかった恐怖ばかりを覚えている。それに、自分はまだしも祖母はなぜ気付かなかったのだろう。

「そろそろ着きますよ」

ふいに向かいに座っていたアルヴィンがそういったので、思考を中断し何気なく窓の外に目を向けたミリエルは、目にしたものに小さく口を開けた。

「綺麗……」

窓枠にかるく手をついて瞬《まばた》きをするのも惜しいほどに見とれる。

このひと月半、通いなれた城はまるで別物のようだった。あちらこちらにかがり火が焚《た》かれ、馬車で行くその石畳《いしだたみ》の道もランプの光にともされている。いまはやんでいるようだが、朝方予想していたとおり昼間のうちに降った雪が所々にうっすらと積もり、氷の花に反射する光がさらに幻想的な雰囲気を引き立てていた。

「いいですか、いくら触れるのが怖くても、馬車から降りる際に私の手を振り払わないように。私でもあなたでもなく、婚約者のエセルの恥《はじ》になります」

アルヴィンの声に姿勢を正し、緊張した面持ちで頷く。するとアルヴィンは落ち着かせようとするのか、めずらしくかすかに笑った。

「自信を持ちなさい。今日のあなたはとてもかわいらしいですから。エセルにも楽しみにしているといわれたでしょう。きっと喜びますよ」

──『俺のために着飾ってくれるのを楽しみにしているからな』

アルヴィンにいわれて、エセルバートの言葉を思い出し赤面する。顔に手をやりかけて、化粧を施されているのを思い出し、あわてて膝の上に戻した。

いつも厳しいことしかいわないアルヴィンにそういわれると、本気にしてしまいそうになる。

(ほんとうに大丈夫？　副隊長にも喜んでもらえる？)

おもわずほころびそうになる顔を必死に取り繕《つくろ》おうとしていると、やがて馬車がとまった。

馬車から先に降りたアルヴィンが手を差し出してくる。かすかに震える手をアルヴィンの手に重ねて地面に降り立ったミリエルは、会場の大広間へと続く階段のすぐそばにいつもの騎士服のようにも見えるがそれより幾分か装飾が多く、生地も上質そうな礼服を身に着けたエセルバートが待っているのに気付いた。

艶《つや》やかな赤銅色の長い髪は明かりに照らされてまるで燃えるようで、それだけで近寄りがたい高貴さを漂わせている。しかしそれと同時にエセルバートのすぐ隣に、青いドレスを身に着けた妙齢の美女が立っているのが、目に飛び込んできた。

(だれ？)

おもわず立ち止まりかけて、アルヴィンにかるく引っ張られる。

豪奢《ごうしゃ》な蜂蜜色の髪を綺麗に結い上げ、緩く巻いている。青玉石のような深い青の瞳からは強い意志をうかがわせ、その瞳に合わせたロイヤルブルーのドレスが、すらりとした肢体《したい》にとてもよく似合っていた。

ふいにエセルバートが美女の肩に手を置いて、なにかを囁いた。こぼれんばかりに目を見開いた彼女が怒ったようにエセルバートの胸を叩いたが、それでもすぐに互いに笑い合った。

まるで、幸せな恋人たちがじゃれあっているような光景に、ちくり、と胸が痛む。

(わたしは副隊長に全然つりあっていない)

エセルバートのあんな屈託のない笑顔など見たことがなかった。

急に自分の姿がとてつもなく貧弱に思えて、エセルバートの目に映るのが怖くなった。

(わかっていたはずじゃない)

婚約者だなどといわれても、ただ祖母の遺言に従っただけなのだろう。楽しみにしているといったのも、社交辞令だ。

だが、それがどうしてこんなにも悲しいのだろう。

回らない頭で外套を侍従《じじゅう》に預ける。暗くなる気分をなおさら暗くするような凍えた風が、ひやりと肩を撫でていく。

ふとエセルバートの視線がこちらに向いた。その途端になぜか逃げ出したがる体をとどめようと、ミリエルは石畳を踏みしめる足に力をこめた。

エセルバートが驚いたように眼鏡を押し上げて目を見張り、すぐに口元に笑みを浮かべた。

「驚い……」

「まあああ、可愛らしいですわ!」

エセルバートの言葉を遮って、青いドレスの令嬢から唐突に発せられた悲鳴とも奇声ともつかない声に、ミリエルはぎょっとした。令嬢が白磁の頬を上気させ、満面の笑みを浮かべて詰め寄ってくる。その勢いに恐れを抱いて数歩後ずさりかけ、アルヴィンに取られたままの手に引き止められた。

「容姿は兄から詳しくうかがっていましたけれども、わたくしの選んだドレスがこんなによく似合ってくれるなんて、思いもよりませんでしたわ。なんて細い腰なのでしょう。まるで雪の妖精のようで、食べてしまいたいくらい。ああ、エセルにはもったいない！」

心底悔しそうに綺麗に紅に彩られた唇を噛みしめる女性に、ミリエルはどう反応をしていいのかわからずにただ体を強ばらせた。

よくわからないが、なんだか怖い。

笑い合っているエセルバートと彼女の姿を見た時に感じた悲しみは、令嬢の予想外の行動にいつの間にか片隅においやられてしまった。

「クローディア、もったいなくてもいいから、すこしその性癖《せいへき》を抑えてくれ。ミリエルが怯えている」

エセルバートが令嬢の背後から、あきれ返った声を上げてその白い肩をつかんで押しやった。

「あ、あら、ごめんなさい。すこし興奮してしまって」

手にしていた薔薇《ばら》の透かし模様が入った扇子で気まずそうに口元を押さえた令嬢は、それでもすぐに興味深そうににこにこと笑いながら、ミリエルにぶしつけな視線を向けてきた。婚約者というミリエルの立場に嫉妬を向けるのならまだわかるが、なんとなく居心地が悪い。

「うふふ、エセルがめずらしくそわそわと落ち着かなかったのがわかりますわ。これだけかわいいのですもの。冷静を装っていても、馬車がとまるたびにさりげなくそちらを気にしていて」

「うるさい。――ほら、もう行くぞ。すぐに始まる」

エセルバートが顔をしかめて手を差し出してきたので、ミリエルはようやく先ほどの胸が痛んだ光景を思い出してためらったが、手をとったままのアルヴィンに押し付けられてしまった。そのままエセルバートにかるく引っ張られつつも歩き出す。

「あら、エセル、わたくしを紹介してはくれませんの」

クローディアと呼ばれた令嬢がすぐにも立ち去りそうなミリエルたちの様子に、不満の声を上げた。面倒くさそうにエセルバートが振り返る。

「クローディア・シルヴェスタ。アルヴィンの……妹だ。若い娘を見ると、着飾ってみたくなるという、悪癖を持っている」

「まあ、悪癖だなんてひどい。急にミリエルさんを連れて行きたいというのですもの。ドレスから宝石から、メイドの手配やら、大変でしたのよ。今回の功労者に向かって、失礼ですわ。ねえ、お兄様」

見た目に反して子供っぽく口を尖《とが》らせて訴えるクローディアに、アルヴィンが妹に向けて笑み崩れた。華やかな顔によく似合う笑顔には、いつも胡蝶の騎士に見せる眉間の皺などどこにも見当たらない。

「そうですね。あなたの見立てなのですから、綺麗にならないはずがありません。ですがディアのほうが綺麗ですよ」

「ま、お兄様ったら。褒めすぎですわ」

「謙遜《けんそん》するところもかわいいですよ。どこにも嫁に出したくないくらいです」

はにかむ淑女《しゅくじょ》と、微笑む紳士《しんし》。はたから見ていれば麗しい光景なのだろうが、アルヴィンの普段の表情を知っているミリエルはなんだかうすら寒くなってかすかに身を震わせた。

「ああなると長いから、行くぞ」

エセルバートも同じ気持ちだったのか、めずらしく表情をひきつらせた婚約者になかば引っ張られるようにして、階段をのぼる。慣れない靴にわずかによろめくと、エセルバートがしっかりと支えてくれた。それにあわてて身を離す。

「あのっ、クローディア様にドレスのお礼をいっていなくて……」

「あれはそんなに細かいことは気にしない。それよりおまえのドレスを選ぶのをおもいきり楽しんでいたようだからな。どうしても気になるなら、あとで礼状でも送っておけばいい」

諭《さと》すようにいったエセルバートの顔をちらりと見上げ、ミリエルはわずかに視線を落とした。

親しみのこもった苦笑を浮かべているエセルバートの顔を見ていられなかった。

重い気分のまま大広間に入場し玉座の方を向いて参列する人々の列に交じると、興味深げな視線とともにさわさわと囁く声が耳に飛び込んできた。

「ブランデル卿《きょう》が女性を連れているぞ」

「お従妹《いとこ》のクローディア様ではありませんの？」

正面を見据えていたミリエルは、聞こえてきた言葉に驚きそちらを振り返りそうになって、なんとかこらえた。

（お従妹？　副隊長の従妹がクローディア様？）

ミリエルは信じられない思いで傍らのエセルバートの秀麗な顔を見上げてすぐに顔を伏せた。

必死で王族の家系図を思い出したが、エセルバートの名前はたしかになかったし、王の弟妹は弟――アルヴィンたちの父だけだった。

（もしかして、アルヴィン隊長の母方の血縁者……？　ああ、もうすこし社交情勢を勉強しておけばよかった）

ため息をつく代わりに、わずかに肩を落とす。学生時代は学問と武芸を磨くのに必死で、そこまで頭がまわらなかった。それだけではこの平和なご時世、やっていけないのだと痛感する。

エセルバートがようやくやってきたアルヴィンたちと話し始めたのと、国王が入場してきた声を上の空で聞いていると、そのうち玉座がしつらえられた上段で、デューク王子が国王に向けて祝辞を述べ始めた。その数歩後ろに控えた白い髪の神官から杯《さかずき》を受け取り掲げている。

ミリエルはこちらに背を向けている神官の、緩やかに波打つ長めの髪を物珍しげに見つめた。

「――陛下の御世の太平がすべからく続きますことを不肖、このデューク・シルヴェスタの名におきましてお祈りいたします。そして『暁の魔女』の加護を受けられますよう」

『暁の魔女』という言葉に、ミリエルはぎくりとした。よく祝い事の際や神官が口にする常套《じょうとう》句《く》だったが、時々自分のことをいわれているような気がして、ひやりとする。

（ああ、いや。『暁の魔女』にもなっていないのに、こんなに動揺するなんて）

体の前で重ねた両手に力を込める。自惚れと自虐《じぎゃく》と、さまざまな感情が胸のなかをぐるぐるとかきまわす。

祝辞を述べ終えたデュークに参列客が賛辞の拍手を送るのに合わせてあわてて手を叩いたミリエルは、その音に混じってエセルバートが毒づく声を聞いた。

「『暁の魔女』の加護か、心にもないくせに」

王子を非難するという、下手をすれば不敬罪にも問われかねない言葉に、こわごわと周囲の人々をうかがうも、しかしこちらに注目しているひとはだれひとりとしていなかった。

「きょろきょろするな。大丈夫だ、聞こえやしない」

笑いを含んだエセルバートの声にそれでも落ち着かず、ミリエルはデュークの方を見た。するとどういうわけかその視線が合い、ミリエルは震え上がった。

(聞こえた？　そんなまさか)

　ここから大分離れているのだ。周囲の人々だって気付いていないのに。ミリエルの動揺をよそに、デュークが傲岸《ごうがん》にも見えかねない笑みを唇に乗せて口を開いた。

「クローディアは相変わらず見苦しい姿だな、アルヴィン。身内の恥を堂々と連れて歩けるとは、見上げたものだ」

「身内の恥？　どこが恥だというのでしょう。陛下への祝辞を述べたすぐあとに従妹を非難する方が、恥で見苦しいと思いますが」

　妹を非難されてもうっすらと笑みさえ浮かべて切り返したアルヴィンに、デュークは逆上することもなくわずかに片頬をゆがめて笑った。

「それもそうだ。場をしらけさせてしまった。ああ、そうだ。面白いことを思いついた。アルヴィン、そなたの部下の婚約者は次期の『暁の魔女』だったな。陛下への祝福の証として、その部下が任官式でやったように『暁の女神』で祝砲をあげさせよ」

　無茶な要求にミリエルは蒼白になった。ミリエルが『暁の女神』を使えないことを、王子ともあろう者が知らないわけがない。これは自分ではなく、間違いなく王太子候補として敵対しているアルヴィンへの辱《はずかし》めだ。

(いわれるままにこんなところに来るんじゃなかった)

　どんなにエセルバートやアルヴィンにいわれても、断固として拒めばよかったのだ。そうすればこんなことにはならなかった。もっとよく考えなかった自分が悪い。

非難なのか、嘲《あざけ》りなのか、小さく囁きかわす声が参列者のどこからともなく聞こえてくるのに、気が遠くなる。その耳に、心地よくよく通る声が飛びこんできた。

「お言葉ですが、『暁の女神』は魔獣を消滅させるためだけのもの。王子はそれを使えと仰《おっしゃ》いますが、この場に魔獣はおりません。陛下ならびに王子がご列席いただいているおかげでしょう。そのご威光が魔獣をも遠ざけているようです」

ミリエルは迷いもなく、よどみもせずにむしろ笑みさえ浮かべて口上を述べるエセルバートを目を見開いて見上げた。エセルバートの援護の言葉に、アルヴィンが一歩前へと踏み出した。

「それでも祝砲をあげよと仰られるのでしたら、そのかわりに魔女の舞踏で祝福を」

アルヴィンの言葉が終わるかいなかのところで、エセルバードがミリエルの腰をさらってこちらが戸惑うのもかまわずに歩くように促した。

あっという間に広間の中央、玉座のすぐ下に引き出されたミリエルは、回らない頭で楽団の指揮者に声をかけるクローディアを見た。

エセルバートが耳に口元を寄せてくる。耳朶《じだ》を震わせる吐息に身を震わせた。

「踊れるな？　士官学校で習ったはずだ」

ようやく合点がいって、ミリエルがなんとか小さく頷くと、エセルバートは向かい合って自信に満ちた笑みを浮かべた。

「下は見るな。大丈夫だ、俺だけを見ていればいい」

まっすぐな強い視線。どきりと鼓動が跳ね上がる。先ほどクローディアと笑い合っていた姿を見た時には痛んだ胸が、今度は激しく踊り出す。

(ほんと、心臓がもたない……)

楽団の奏でる音楽が緊張感をたたえた広間に流れ始める。人々の好奇の視線にさらされながら、ミリエルのドレスの裾《すそ》が優雅に翻《ひるがえ》った。

エセルバートの眼鏡の向こうにある濃紫の双眸を見上げたまま、体が覚えているはずのステップを踏む。それでも緊張とは別に触れたら眠らせてしまうかもしれないという恐れに、密着する体の間にすこしでも隙間《すきま》を開けようとすると、それ以上の力でエセルバートに引き寄せられた。

「怖がるな。俺は絶対に眠らない。いままでもなんともなかっただろう」

揺るぎない自信とわずかに慈しむような笑みに、目がそらせなくなる。気を抜くと震えそうになる手で、重ねたエセルバートの手に我知らずに力を込めると、一瞬だけ握り返された。

「さっきはクローディアに邪魔をされていいそびれたが……」

クローディアと聞いて、ことん、と鼓動が響く。エセルバートが踊りながら身をかがめた。

「よく似合っている。見違えるくらいに綺麗だ。——夜会なんかさっさと抜け出して、押し倒したいくらいだ」

吐息が触れるほど近くで囁かれて、おもわず足元がもつれかける。そこをエセルバートに支えられた。さも楽しげにくすりと笑われて、赤面するのと同時に胸が痛くなる。

(クローディア様がいるのに)

うしろめたさと恥ずかしさを抱えつつも、それでもエセルバートに恥をかかせたくなくて、顔だけは上げていようと、ミリエルは面白そうな色を映すエセルバートの瞳を食い入るように見据えた。


「心臓がとまるかと思いました」

ミリエルは胸元に手を当てて、大きく息を吐き出した。いまさらになって、小さく膝が震え出す。外と違って暖かな広間では、動いたせいかわずかに汗もかいたようだ。

「うまかったじゃないか。上出来だ」

場慣れしている様子のエセルバートは危《あや》うい場面を切り抜けたという気負った様子もなく、笑ってねぎらってくれた。

一曲踊り終えたあと、デュークは文句もいわずに自分たちを解放してくれた。人々の賞賛の拍手と王の賛辞に解放せざるを得なかったといった方が正しいのかもしれない。

「王子は敵対しているアルヴィンの肩を持つ俺を目の敵にしているからな。おまえも気を付けろよ」

広間の片隅に設けられた帳《とばり》で席をひとつひとつ仕切った休憩所までやってくると、エセルバートはミリエルを座らせながら注意をしてきた。

「『暁の魔女』の血筋の俺がつけば、議会でも票がとれる。魔女はそれだけ影響力があるんだ」

だが、それは逆に先ほどのように揚げ足をとられることにもなりかねないのだろう。

「あの、デューク王子が満場一致で王太子に推薦《すいせん》されないのは、やっぱり王妃様の……」

「ああ、王子が母君、王妃様の気質を継いでいるからだ。王妃様は隣国ハイランドからシルヴェスタに嫁いできても、自分はまだハイランド王家の者だと思っているらしい。下手をすればあちらの国からシルヴェスタの内政に干渉されかねない。ハイランドは君主政の上、大陸の他のどの国よりも魔術師の地位が低い。俺たち胡蝶だけでなく、『暁の魔女』の血筋の者はいいように使われる可能性が高い」

苦虫をかみつぶしたような表情で声を潜《ひそ》めたエセルバートに、おそまきながらこんな大勢の賓客がいる場所で聞くことではなかったと気付いて、胸元を押さえた。

「すみません、こんなところで聞くなんて……」

「ああ、おまえに怒ったんじゃない。これくらいのことなら大丈夫だ」

苦笑したエセルバートが給仕から貰《もら》ったグラスを渡してきた。甘い香りがしたが、酒ではなく、なにかの果実水のようだ。

「ここですこし待っていろ。挨拶をしなければならない人物がいるから。おまえを連れて行くときっと質問攻めにあう」

エセルバートは冗談まじりにすぐに戻ってくるといい置いて、広間の人ごみのなかに紛《まぎ》れていった。

人目からすこしでも解かれて、緊張が和らぐ。広間の中央で踊ったり談笑をしている貴人たちはとてもきらびやかで、だれひとりとして同じ装いをしている者はおらず、見ていて飽きない。

飲み終えたグラスを給仕に返した時だった。

「ミリエル」

ふいに横合いから、硬い声で名を呼ばれた。その声にたちまち体が強ばる。手足の先が冷え、震えてくる。振り返ることもできずにいると、苛《いら》立《だ》ったように再度名を呼ばれた。

「ミリエル、ずいぶんと楽しそうだな」

わずかにかすれた声が記憶の底から蘇る。ミリエルはぎこちなく立ち上がって振り返った。

白髪交じりの髪をした紳士がこちらを鋭く見据えていた。その双眸にはただのひとかけらも親愛の情など浮かんでいない。

「お父、様」

急激に渇いた喉から、絞り出すようにして呼びかける。父のすぐ後ろには、憎しみのこもった目をした母がこちらを睨みつけていた。数年前に、弟を眠らせてしまう前までは社交界では美貌《びぼう》の夫人でとおっていたのに、看病疲れか、その美貌はくすんで見えた。

「よくこの場にのこのこと出てこられたものだ。それもブランデル卿の婚約者だと？　あの方は王族譜《ふ》には載っていないが、王位継承権をも持っているのだぞ。ライオネルと同じように、またおかしな魔術でたらしこんだのか。うまくやったものだな。おまえらしい」

「たらしこんでなんか……」

消え入りそうな声で反論しかけるも、父の怒気に押され顔を伏せて唇をかみしめる。

「聞けばまだ討伐に出ていないそうだな。出仕してからもうひと月以上は立つだろう。ほかの同期の従騎士はすでに持ち場を割り振られているそうではないか。よほどおまえは役立たずなのだな」

びくりと肩を揺らして、両手を握る。

役立たず。ずしりと心にその言葉がのしかかる。

たしかに自分は『暁の女神』も使えず、そのせいなのか討伐に連れて行ってもらえない。しかも今朝は『暁の女神』から石をなくしてしまったことにいまさら気付いた。

理由を考えれば考えるほど、嫌《いや》な方へ向かっていってしまう。

「ほんとうならおまえがいまいる胡蝶はライオネルの場所だ。母……、英雄ジェシカ・ノイエの唯一の孫の。そこで身代わりのおまえが失敗をするなど、許さない」

ミリエルは唇を引き結んで、憎しみに満ちた父の暴言に耐えた。口答えなどしようものなら、いま以上のひどい言葉が待っている。

(それもこれも、わたしがライオネルを眠らせてしまったから……)

エセルバートはミリエルの眠らせる力が必要だといったが、いまだにそれは『暁の女神』を使えないことと同様に成功したことがない。だったらなんのためにこんな力などあるのだろう。

「邪魔なライオネルをわざと眠らせて立った場所だろう。すこしでも罪悪感や良心があるのなら、我が家のために死ぬ気で働け」

憎しみのこもった声に、ミリエルは呆然と顔を上げた。憎悪に彩られた父の目にぶつかって怖《お》じ気《け》づき、初めの言葉を否定することもできずに俯いた。

(わざと眠らせた。ずっとそう思われていたの……?)

そろそろと両手を喉元にやって、後ずさりかける。

「——なるほど、ミリエルの自信を根こそぎ奪ったのは、あなたたちでしたか」

ふいに両親の後ろから、嫌悪をにじませた声がかけられた。聞き覚えのある声に、ゆっくりと顔を上げる。

「ジェシカ様が案じるはずだ。そこまで家族を責められるとはな」

後ろからやってきたエセルバートは眼鏡を押し上げて、口元だけに笑みを浮かべた。はっきりと激昂《げっこう》の表情を浮かべない分、怒りに満ちたやけに静かな双眸が、いいようのない恐ろしさを掻《か》き立てる。

両親はエセルバートの怒りに気圧《けお》されたようだったが、父はすぐに彼を不審そうに見やった。

「ブランデル卿、母になにを吹きこまれたのか知りませんが、婚約者などなにかの間違いでは？　この娘は私たちの子ではない。母がどこからか連れてきた、拾い子です。一応は『暁の魔女』の血をひいているらしいが、怪しいものだ」

父の言葉が耳に反響する。父の口から改めて聞かされて、あの時の足元にぽかりと穴があいたかのような感覚が蘇《よみがえ》り、ミリエルは体を震わせた。

エセルバートが両親に対して無表情に一度目を伏せると、その脇をすり抜けるようにミリエルに近寄り、肩に手をかけて座るように促してきた。力が入らない体はかるく押されただけでがくりと椅子に崩れ落ちる。

エセルバートが労《いたわ》るようにミリエルの肩を撫でて、父に鋭い視線を向けた。

「養子のことは知っている。それでも間違いなどありえない。私はたしかにジェシカ様からこの娘を託された。その証明書もある。私の言葉を疑われるのか？」

「いいえ、そんなつもりは……。ですが、触れただけでひとを昏睡させる、そんなおかしな魔術を使う娘です」

「それが、なにか？」

エセルバートは一瞬だけ勝ち誇ったような表情を浮かべた父を、一笑した。たじろいだように顔をゆがめる父に畳《たた》み掛けるようにさらに先を続ける。

「ジェシカ様も、わざとではないといっていた。本人の意思とは別物だと。息子を眠らされてしまったあなた方がミリエルを恨むのはわかるが、その地位までをもあなた方の息子のものだったと責めるのは筋違いだ」

「ライオネルがその娘よりも劣る、と？　英雄のほんとうの孫だというのに」

「そういう問題じゃない。胡蝶の騎士の地位があなたの息子のものだったと、どこにそんな保証があるのか。英雄の孫だったとしても、入隊できるとは限らない。ミリエルが胡蝶に入れたのは、なにもジェシカ様に口添えをされたからじゃない。あなたの母君がどんな方だったか、息子のあなたが一番よく知っているだろう」

父の顔が怒りと屈辱《くつじょく》でどす黒く染まる。

父が一番劣等感を抱いていることは、英雄の息子でありながら武芸には向かず、文官として出仕している、ということだった。一度は軍人として出仕したものの、祖母はその実力に見合った扱いしかしなかった。たとえ息子でもひいきして取り立てることはしなかったのだ。

ミリエルはいってはいけないことをいってしまったエセルバートの袖《そで》を、血の気を失った指で強くつかんだ。こちらを振り返った彼に、強ばった顔で必死に首を横に振る。

「副、隊長、それは……」

「母ばかりでなく、ブランデル卿まで味方につけるとはな。二度と私たちの前に姿を見せるな」

父が怒りを押し殺した低く冷たい声でいい放ち、非難の目を向けたままの母の腕をとって踵《きびす》を返す。

「え、あ……待って」

ミリエルは自分でも驚くほど機敏に立ち上がった。しかし追い縋《すが》ろうとしたその腕を、横合いからエセルバートにとどめられる。

「ごめんなさいお父様。お願い、謝るから許して。こんなところに出てきたわたしが悪いの。だから許して！」

悲鳴にも似た声で必死に訴える。まわりにいた数人がなにごとかとこちらに注目していたが、それさえも目に入っていなかった。両親の背が遠ざかっていくのを見送るまでもなくエセルバートがその間に割り込んだ。

「ミリエル！」

エセルバートに両肩を揺さぶられて、しかめられたその顔を涙のにじんだ目で睨み上げる。

「――どうして、あんなことをいったんですか。あんなひどいこと……」

「それ以上にひどいことをいわれていたのは、おまえの方だろう」

「違うっ、わたしが悪いから、あんなことをいわれるのはあたりまえです。いう権利があるんです。だから、どんなことをいわれても耐えられる。それでお父様たちの気が済むなら」

肩をつかんだエセルバートの手を振り払おうとしても、逃れられず、あふれた涙が頬を伝って、はらはらとこぼれ落ちる。

「わたしが頑張ろうと思えたのは、『暁の魔女』になろうと決めたのは、家族に償うためです。ライオネルを起こすためです。あんな風にもっと傷つけるためじゃない」

振り乱した頭から、するりと藤花の髪留めが抜け落ちる。儚い音をたてて床にぶつかり、砕けた。

「実力も、揺るぎない地位も、親しい親類もなにもかも持っている副隊長に、わたしの気持ちなんかわからない！」

肩をつかむエセルバートの手からわずかに力が抜ける。その隙をついて、ミリエルはエセルバートの手を振り払い、人々でごった返す広間の中央へ両親の姿を探して駆けこんだ。

細い肩が手からすり抜けていくのに、エセルバートは今度は引き止めることができなかった。あっという間にその姿が見えなくなって、ようやく我に返る。

「ああ、くそっ」

ミリエルの姿を追いかけようとして、つま先に彼女が落とした髪留めが当たり、おもわず足を止めた。ゆっくりと壊れた髪飾りを拾い上げる。

(追いかけて、いまどんな言葉をかけるつもりだ)

泣かせるつもりはなかった。ただ、あまりにも理不尽な怒りにさらされているのを見かねたのだ。それがあんな風に傷つけることになるなど、思いもしなかった。

手にした壊れた髪飾りを複雑な思いで見下ろして、片手で額を押さえる。その拍子に、こめかみの火傷《やけど》の痕《あと》が手袋に包まれた指先に引っかかった。

ジェシカに頼まれたとおり守ろうとする思いと、それとは別に利用して自分の方の問題を解決しようとする最低で自己中心的な思い。

(ほんとうに手痛いしっぺ返しがくるなんてな)

泣きそうになったことはあっても、一度だって涙をこぼしたことがないほど我慢強くて、努力を惜しまない少女を泣かせたのは自分だ。

(せっかく綺麗に装っていたのに)

いつもの騎士服とは違い、年若い娘らしく華やかな装いは、それだけで庇護欲《ひごよく》を掻き立てた。緊張のためか、かすかに震えていたのを思い出すとよけいにその想いが強くなる。それでもこの髪飾りのように大切に扱わなければ、壊れて砕けてしまうのだと、思い知る。

「エセル」

ふいに硬質な声に呼ばれて、エセルバートは髪飾りを手にしたまま、浮かない顔でそちらを振り返った。

「賭《か》けはあなたの勝ちのようですよ。動きました」

アルヴィンの無表情ながらどことなく悔しそうに見える顔を眺め、エセルバートは逡巡《しゅんじゅん》の末、手にしていた髪飾りをアルヴィンに押し付けた。

「勝った報酬《ほうしゅう》に、クローディアには髪飾りを壊したことを黙っておいてくれ」

「いいですよ。無駄だと思いますけどね」

アルヴィンの言葉を聞き流しながら、エセルバートはミリエルの姿を探して広間の中央へと身を翻した。

エセルバートの元から逃げ出したミリエルは、どうにか涙をぬぐって両親の姿を広間に探した。

(どこ？　もう帰ってしまったの？)

息が上がっても、賓客に涙の痕が残る無様な顔を見られ不審そうに眉《まゆ》をひそめられても、髪が乱れることとさえも気にならなかった。

ただ、両親に謝らなければという、その一心だった。見捨てられてしまうという恐怖に突き動かされてもいた。

もしかしたら、と侍従に両親が帰ってしまったかどうか尋《たず》ねてみると、ミリエルのあまりにも必死な様子に侍従は一瞬だけいぶかしげに眉をひそめたが、すぐに澄ました顔で答えてくれた。

「ノイエ卿ご夫妻はすでに退出されました」

「……っ、ありがとうございます」

ミリエルは礼をいうのももどかしく広間を出て、人気のない回廊を走った。汚れひとつなく磨かれた床は、履き慣れていない踵《かかと》の高い靴では走りにくい。

「――あっ！」

がくりと足元が滑《すべ》る。その場に転んだミリエルは膝の痛みにふと我に返った。

(謝ってどうするの？　許してもらえるわけなんてないのに)

ミリエルは冷たい回廊に座りこみ、そろそろと手で口を覆った。

あれほど激怒した父を見たことがない。怒鳴り散らすではなく、静かな、深い怒りだ。

愕然とした思いは、やがてぽっかりと胸に穴をあけて、かわりにやり場のない激しい感情が嵐のように心のなかを、頭のなかをまわり出す。

立ち上がることさえ忘れていたミリエルの耳に、ふいにだれかの歌声が飛びこんできた。

広間からではない。あちらからは優雅な弦楽器の音と人々の喧噪《けんそう》が流れてくる。

(おばあちゃんが歌ってくれた、歌……)

子供の頃、弟と一緒に聞かされた懐かしい伝承歌だ。

ミリエルはゆっくりと立ち上がるとおぼつかない足取りで、歌が聞こえてくる庭園へと足を向けた。


きんと冷えた空気に満たされた庭園は、来る時に見た城の入り口と同様に雪がわずかに降り積もっていた。

雲の切れ間から降り注いだ青白い月光が、庭園をまるで水中のように青く染め上げる。

薄いドレス一枚では、たちまちのうちに体が凍えたが、そんなことよりもいまにも消えそうな歌声の主を探すのに気を取られていた。

白い石畳の道を奥へ奥へと歩いていく。冬枯《ふゆが》れた庭園は目を楽しませる花々はなにひとつなく、そのかわりとでもいうように整然と並んだ常緑樹が花のような雪の帽子を被《かぶ》っている。

ふと、それまでかろうじて耳に届いていた歌声がぴたりとやんだ。

あたりを見回しても、人の気配どころか明かりもまばらだ。それにうすく降り積もった雪はどんどんと体を凍えさせていく。ミリエルはそこでようやく思い出したように身を震わせた。

「気のせいだったのかも……」

両腕をそっとさする。かわいがってくれた祖母が恋しくて聞こえてきた幻聴《げんちょう》だったのだろうか。

落胆して見渡した視線の先に、側面に薔薇の蔓《つる》を張りめぐらせた東屋が見えた。まるで巨大な鳥籠《とりかご》にも見えるそれに、吸い込まれるようにして近寄る。

雪は吹きこんでいなかったが、冷えきった東屋のベンチに力なく座りこむと、もう立てる気力は残っていなかった。

寒さにかじかむ両手で顔を覆う。

(わたしはなにをやっているんだろう)

あんなに大勢の賓客がいるなかで取り乱し、エセルバートを怒鳴りつけてしまった。会場に入る前に、アルヴィンにエセルバートに恥をかかせないようにと釘をさされたというのに。

行儀悪くベンチの上に足を上げてうずくまるようにして身を縮ませる。

冷たい風が数度、ミリエルの編みこんでいない方の髪を揺らしたあとのことだった。

「お嬢さん、どうしたのかな」

東屋の入り口のあたりから若い男の声がした。エセルバートのように深みのある耳に心地のよい声ではなく、どこまでも静かな夜風のような声。

しかしミリエルは顔を上げなかった。いまはだれとも話したくも、顔を合わせたくもなかった。

「なんでもありません。ほうっておいてください」

「ああ、そう」

とりつくしまもないミリエルの言葉にそっけない言葉が返ってくる。そのままませっかくの親切を払いのけた娘を置き去りにしていくものだと思ったが、予想に反して東屋のなかへ入る足音がしたかと思うと、ミリエルが座っているベンチの端に腰を下ろす気配がした。それにわずかに体を強ばらせる。

「ここは静かだね」

戸惑っていても、やはり顔も上げられずにうずくまったままのミリエルを気にも留めずに、男が喋《しゃべ》り始める。

「それに、いい天気だ」

息も白く凍り、雪さえも積もる真冬の夜に、おかしなことをいう男に、ミリエルは伏せたままの顔をしかめた。さすがに立とうと思っても、いつ立てばいいのかわからなかった。

(どうしよう……)

膝《ひざ》を抱える手に力をこめ、頭を悩ませていると、ふいに男が歌い出した。

――緑麗《みどりうるわ》し、花咲き乱れる常春の都
ティル・ナ・ノグの都よ、我とともに永久《とこしえ》にあれ

(さっきの、歌声)

ミリエルはおそるおそる顔を上げて男の方を見た。

初めに見えたのは銀糸の刺繍《ししゅう》が入った白い神官服。それから目の前の庭園に積もっている新雪のように真っ白な緩《ゆる》く波打つ長めの髪。そして顔を隠す空色の傘。

(傘?　なに、このひと……)

くるくると歌に合わせるように柄を回す男をぽかんと口を開けて見ていると、その視線を感じたのか、男がひょいと傘を傾けた。

神殿に立つ彫像のように、驚くほど整った顔が現れた。エセルバートも秀麗な顔だが、この男は色が白い分、この世のものとは思えなかった。身動きした拍子にふわりと揺れた白髪をどこかで見たような気もするが、思い出せない。

「おや、こんにちは」

にこりと微笑《ほほえ》んで傘を小さく掲げた男は、ミリエルの視線が傘に向いているのに気付いて、どこかぼんやりと夢見るような印象の双眸《そうぼう》でちらりと上を見上げた。

「これかい？　僕は陽の光が苦手でね。だからさしているんだ」

おっとりと返された言葉は、やっぱりおかしい。いまは夜で、しかも雪もやんでいる。それとも神官を務める人物はみなこうなのだろうか。

ミリエルがやはりなにも言葉を返せないでただ見つめていると、ぶしつけな視線を気にも留めずに、男は再び短い歌を繰り返し口ずさみながら楽しげに傘を回し始めた。

その聞き覚えのある懐かしい歌に、ミリエルは警戒するのも忘れ、泣きたくなって目を伏せた。うずくまっていた体をゆっくりとのばして、足を下におろす。

「その歌、祖母がよく歌ってくれました」

「そう」

興味がなさそうな口調でも、今度はミリエルの方が気にすることなく細く息を吐き出した。

祖母が生きていた頃はよかった。自分が魔具『暁の女神』を使えなくても、家族は変わらず愛してくれていると信じて疑わなかったから。

「おばあちゃん以外には、わたしはいらない子だったのかも……」

ミリエルは相変わらず歌い続ける青年にかまわず続けた。聞いていていてもいなくてもどうでもよかった。この凝《こご》った想いを吐き出してしまいたかった。

「父たちはどこのだれともわからない子供を育てていただけだっていうのに、恩を仇《あだ》で返すようなことをした。副隊長だって、あんなに気遣ってくれていたのに……」

膝に置いていた手に、にじんでいた涙がぽとりと落ちた。

ふいに青年の歌がやむ。遠くから広間の音楽が途切れ途切れに聞こえてきた。

「どこのだれだかわかっていたら、君は捨てられなかった？　いま君を苦しめている時点で、それは恩だといえる？　気遣ってくれているなんて、ほんとうに？」

くるりと傘を一周させて、青年がくすりと笑う。ミリエルはこぼれた涙をぬぐうこともせずに、呆然と青年を見つめた。

「素性《すじょう》がわかっていたって、愛されないこともあるよ。僕だってほんとうはいらない子だった。でも、最初から最期《さいご》まで決められた道を歩かなくちゃならない。どこにも逃げることができない。まるで籠の鳥だ」

淡々と語られる言葉に鬱屈《うっくつ》した響きが混じる。それと同時にかすかに寂しさを感じる気がするのは、自分もまた寂しいからだろうか。

ミリエルは青年から顔をそらして両手で覆った。青年の笑声が再び耳に飛びこんでくる。

「ああ、籠の鳥といえば……。ねえ、おとぎ話をしてあげようか。僕とおなじ籠の鳥の姫君の話」

「……え？」

そろそろと顔から手をはずして、さも楽しそうに笑う青年の方をいぶかしげに見る。

「——あるところに仲睦《なかむつ》まじい兄妹がいました。ですが妹が持っていた特殊な力を欲した邪悪な魔女が彼らを引き離し、自分の屋敷に閉じこめてしまいます。魔女はやがて死にましたが、その下僕《げぼく》に妹を与えていたのです。妹は下僕に惑わされていたので、兄は目を覚まさせようと、古代王国『ティル・ナ・ノグ』の力を借りました。そうして鳥籠から救い出された妹は、兄とともに幸せに暮らすのです」

歌うように語り終えた青年を、ミリエルは呆然と見つめていたが、やがて怒りに震える拳《こぶし》を握りしめて睨《にら》みつけた。

魔女は祖母、下僕はエセルバートを彷彿《ほうふつ》とさせる。それでいけば、自分とこの青年が兄妹だとでもいうのか。

「そんな、こと……。そんなふざけたことをいわないで！」

「なにを怒っているのかわからないな。ただのおとぎ話だろう。それとも、心当たりがあるとでもいうのかい」

心外だ、とでもいうように肩をすくめた青年に、ミリエルはぐっと押し黙って唇をかんだ。

くるりと傘を回した青年は、ぼんやりとした視線を東屋の外に向けた。

「まあ、なにがいいたいのかというとね、おとぎ話のように『ティル・ナ・ノグ』の力が借りれないか、ということ」

「ティル・ナ・ノグ……？」

「そう。伝承歌の一節に〝騎士と魔女より聖なる裁きを〟ってあるだろう。だからきっと君や僕をとりまくこの鳥籠のような現実を壊してくれる力があるんだ。ねえ、君が望むのなら、僕が『ティル・ナ・ノグ』に連れて行ってあげるよ」

青年が、夢見るような笑みを浮かべる。

ひやりと頬を撫でる冷風にも似た声に、心のなかまでも撫でられたような錯覚を覚えて、ミリエルは急に怖くなった。

(こんな頭のおかしなひとの言葉を真に受けたら駄目だ)

寒さに鳥肌が立った両腕をそっと押さえて、ゆっくりと立ち上がる。

「もういくのかい？　楽しかったよ、お嬢さん。僕はレイ。なにかあったら、またお喋りにおいで。君に『暁の魔女』のご加護を」

無言で東屋から出て行こうとするミリエルの背に、そんな言葉がかけられた。やはり『暁の魔女』という単語に嫌でも反応してしまい、おもわず振り返る。そうして、目を見張った。

「な……」

東屋のなかにはだれもいなかった。出入り口はひとつで、しかもその場所にはミリエルが立ち尽くしている。鳥籠のような形の東屋からは、側面すべてが薔薇の蔓で覆われているため、出入り口からしか出られない。それなのに、あのどこか浮世離れしたような印象の青年は、あとかたもなく消え去っていた。

「どういう、こと……？」

震える手で口元を押さえる。嫌な予感が胸をかすめてミリエルは数歩後ずさり、東屋に背を向けて明るい方へ走り出した。

すぐにさすように冷たい空気が体を包みこむ。あの青年はこの寒さにも神官服のほかにはなにも羽織《はお》っていなかった。その神官服だって、ドレスほどではないが外套のように生地の厚いものだとはいえない。それなのに、寒さを感じている様子などどこにもなかった。

(わたしはなにと喋っていたの？)

戦慄《せんりつ》に肌が粟立《あわだ》ってくる。

——君が望むのなら、僕が『ティル・ナ・ノグ』に連れて行ってあげるよ。

柔らかだが、夜風のように静かな声が、耳のなかでこだまする。『ティル・ナ・ノグ』は神官の間の言葉でいうなら、あの世のことだ。

ふいに後ろから足音が追いかけてくるのに気付く。振り返るのも怖くて、前だけを見据えて走っていたミリエルは、絡めとるように後ろから抱えられてしまい、悲鳴を上げかけた。

「……っき、んんっ」

口元を手袋で覆われた手に押さえられて、悲鳴を飲みこむ。

「ミリエル、落ち着け。俺だ」

　恐怖に染まった頭に、するりと深みのある声が入ってくる。視界に、赤銅色の髪の先が映った。だれに抱きとめられているのか気付いて、ミリエルはようやく暴れるのをやめた。それがわかったのか、口元から手がはずされ、体にまわされた腕も解かれる。

「副隊長……」

「どうした、そんなに血相を変えて」

　肩で息をしながら振り返ったミリエルは、不審そうなエセルバートの顔を見て、気まずいと感じるよりも、心の底から安堵《あんど》を覚えた。

「副隊長――出ました」

「なにが」

「幽霊です！」

　エセルバートの服を握りしめて、ミリエルは声を絞り出した。

　エセルバートはミリエルの訴えに、虚を突かれたようにぽかんとしていたが、やがてすぐにミリエルの手を服からやんわりとはずして、腹を抱えて笑い出した。

「幽霊、か、そうか」

「笑いごとじゃありません！　本当に見たんですから」

「いや、ああ……うん、そうか。悪かったな、笑って」

笑うあまりににじんだ涙を眼鏡の下からぬぐったエセルバートは、まだ笑みの残る顔でミリエルの顔を覗《のぞ》き込《こ》んできた。

「おまえが見た幽霊は、髪が白くて、神官服を着た傘をさしている男だろう。どこかぼうっした感じの」

「はい、そうです。もしかして有名な幽霊なんですか？」

ミリエルは顔を強ばらせ、粟立ったままの肌を服の上からそっとさすった。

城の各所にはそういったいわくつきの場所があるというのは、フィルたちから聞いている。

エセルバートの口元から笑みが消えた。眼鏡の向こうの双眸がすっと剣呑《けんのん》そうに細められる。

「幽霊なんかじゃない。その男はレイ・フロストといって、正真正銘《しょうめい》の生身の神官だ。『暁の魔女』の直系の子孫で、デューク王子の側近でもある。ほら、祝辞の時にそばにいただろう」

「レイ？　神官……？　で、でも『ティル・ナ・ノグに連れて行ってあげる』とか、いっていました」

わずかに首を傾げて、うかがうようにエセルバートを見上げる。

実在の人物だとはわかったが、まるで煙のように消えてしまったことが納得いかない。それともあれは自分の気のせいだったのだろうか。

いうべきかどうか迷っていると、エセルバートが嘆息した。

「それはからかわれたんだろう。会ったのならわかっているだろうけどな、すこし……、いや、かなり変わっていてな。その上あいつは『ドルイド』だ。見かけてもあんまり近づかない方がいい。なにか話したか？」

「——はい。でもそんなに、たいした、ことは」

歯切れ悪くいってしまい、これでは逆に不審がられるだろうと唇をかみしめる。だが、あんなことをエセルバートにいえるはずがなかった。

（あんなおかしなひとの言葉なんか信じられない。あのおとぎ話がほんとうのことを元にしているんだったら、わたしは『暁の魔女』の直系の子孫になる）

落ちこぼれの自分が、そんなわけがないのだ。

「まあ、それはいい。それよりそんな薄着で外に出るなんて、なにを考えているんだ」

追及されるかと思ったが、エセルバートはそれ以上言及せずに、そのかわりに自分の上着を脱いでミリエルの肩にかけてきた。温かなぬくもりに包まれて、凍えた体にじわりとしみる。

「ほら、帰るぞ」

なんのためらいもなく手を差し出されたが、ミリエルは着せかけられたエセルバートの上着をかき寄せるようにして途方に暮れたように立ち尽くした。

「——どこへですか」

エセルバートがかるく目を見開いて、不審そうに唇をゆがめた。

「俺の屋敷に決まっているだろう」

「帰れません。だって、わたしは副隊長にあんなひどい言葉を……。先ほどは申し訳ありませんでした」

ミリエルはひどく後ろめたい気分で、深く腰を折って頭を下げた。エセルバートはミリエルのために怒ってくれたのに。その気遣いを突っぱねたのは自分だ。

「『暁の女神』の宝玉もなくしてしまいましたし、謹慎でも除隊でも、どんな処分を下してもらってもかまいません」

ふいに空気が動いて、かすかな風がミリエルの前髪を揺らす。エセルバートがひざまずく気配がした。

「俺も悪かった。おまえの気持ちも考えずに、おまえの両親をあんなに責めるべきじゃなかった。けれども、除隊なんてそんなに簡単に口にしていいのか？」

ミリエルは頭を下げたまま、目を瞬《しばたた》いた。

「おまえは『暁の魔女』になって、弟を起こすんだろう。胡蝶で功績をあげるのが、『暁の魔女』になれる一番の近道なんじゃないのか。それを諦《あきら》めるのか？」

咎《とが》めるでもなく、いい聞かせるでもなく、励ますような声。かすんでいた目の前がわずかに開けたような気がした。それでも顔を上げられないでいると、エセルバートがさらに言葉を重ねてきた。

「おまえが辞めたらだれが『棺《ひつぎ》の騎士』をほんとうの眠りにつかせるんだ。おまえは胡蝶に必要だ。いなくなったら胡蝶の連中にも非難される。それに俺としてもおまえがいなくなるのは考えられない」

目頭が熱くなる。顔を覆いたくなるのと、にじんだ涙が流れそうになるのを必死でこらえた。

(どうしてそんなにわたしが欲しい言葉をくれるの)

慰める言葉ではなくて、いつも欲しい言葉をくれるエセルバートは優しくて厳しい。弱い自分がどうにかして立てるのではないかと、思いこめるくらいに。

「だからとりあえずは、俺と一緒に帰ろう。――いい加減、俺も寒くなってきた」

茶化した響きに、にじみだした涙があっという間に引っこむ。勢いよく顔を上げたミリエルは、あわててエセルバートが貸してくれた上着を脱ごうとした。その手をエセルバートがそっと押さえる。

「いいから、着ていろ。おまえの方が冷え切って……ん？　――いや」

エセルバートが不思議そうにかるく目を見開いたかと思うと、上着ごと抱きしめられた。上着をかけられた時以上の温かさが体を包みこむ。

「おまえ、温かいな」

初めて気付いた、というようなエセルバートの声が間近で聞こえたが、ミリエルは返事をするどころではなかった。

騎士服の上着よりも薄いシャツ一枚ごしに鍛《きた》えられた堅い胸板を感じて、恐れを覚えるよりも羞恥心《しゅうちしん》の方が上回る。それでも、いつものように払いのけるか、腕から逃れようともがけばいいのに、このぬくもりから離れたくないと思う自分に驚いた。

しがみつくようにエセルバートの服を握りしめる。するとエセルバートはますます強く抱きしめてきた。

(ごめんなさい、クローディア様。すこしだけ)

エセルバートの隣に立っても見劣りしていなかった令嬢の姿が思い浮かんで目を伏せる。

エセルバートはたぶん、親を求めて泣く子供をあやしているだけにすぎない。その優しさに甘えて、もっとそれ以上のなにかを求めている。だからこそ、邪険に振り払うことで、嫌われてしまうかもしれないと思うとひどく怖くなった。

「ほんとうに、温かいな。熱でもあるんじゃないのか」

エセルバートの手袋に包まれていてもそれとわかる骨ばった長い指に前髪を散らされて、額を突き合わせられる。わずかにずれた眼鏡の隙間から覗く濃紫の瞳に間近で見つめられて、おもわず目を伏せた。

やけに大きく鳴り響く自分の鼓動がエセルバートに聞こえてしまわないように、胸元を押さえる。

「なさそうだな。——よし、つかまえたぞ」

笑いを含んだ声がしたかと思うと、間を置かずに抱え上げられた。ことり、と片方の靴が石畳に落ちる音がする。

「さあ、帰るか」

靴を拾い上げて、ミリエルを抱きかかえながらさっさと歩き出してしまうエセルバートの肩口をあわててつかみながら、ミリエルは身を強ばらせた。

「あの、わたしまだ帰るなんて……」

「帰りたくないのか」

エセルバートが立ち止まる。眼鏡ごしに見据えられた双眸に真摯《しんし》な色を見て、ミリエルは静かに首を横に振った。

(でも、クローディア様に悪い。そういえば、髪飾りも壊しちゃって……)

ミリエルは気まずげに視線をそらした。

もしかしたら祖母の遺言で自分を婚約者にしたのだから、クローディアとは結ばれないのかもしれない。もしそうだとしたら、エセルバートにも悪いことをしている。

「あの――」

口を開きかけた時、唐突に空を光の珠《たま》が尾を引いて上っていった。はっとして振り仰いだその視界いっぱいに、ぱっと色とりどりの火花が広がる。遅れて轟音《ごうおん》が耳と体に響いた。

「花火……？」

「ああ、始まったな。一昨年あたりから生誕祭に上げられているのを知らないのか？」

「知りません。学生の時にはそんな余裕はありませんでしたから。でも……すごく綺麗ですね！」

空を見上げたまま、どこかはしゃいだ声を上げてしまったことには気付かなかった。

寒風にどこからか飛ばされてきた風花がひらひらと舞い、夜空に咲いた虹色の花々が降り積もっていた雪を淡く色づかせる。まだ雪が降っていたらこの光景は見られなかったのだと思うと、目が離せなかった。

ふいにエセルバートが再び歩き出した。

「ここじゃすこし見えにくいだろう。特等席に連れて行ってやる」

「どこですか？」

「──ブランデル邸」

にやりと悪戯《いたずら》っぽく笑ったエセルバートに、ミリエルはきょとんと目をまたたいて、すぐに笑ってしまった。

第三章　幸福の赤い鳥

「ミーちゃんはよく頑張っているよね」

　エセルバートにやめろといわれたのにもかかわらず、いない時にはそう呼んでくるフィルに感心したようにいわれて、包帯を片付けていたミリエルはびっくりしたように振り返った。

　国王の生誕祭からすでに一週間が過ぎた。その間は魔獣が出没することはなく、比較的穏やかな日々が続いている。

　どこかで聞いたような言葉に、フィルをまじまじと見つめてしまう。

　自分の棺《ひつぎ》に座って、足をぶらぶらとさせていたフィルが八重歯を見せて笑いかけてきた。

「あれ、そんなに驚くってことは、もしかしてもうだれかにいわれた?」

「えと……はい」

　ずいぶん前にエセルバートにいわれたことを思い出し、うっすらと赤くなる。それを見たフィルが察したのか、にやりと笑った。

「兄貴に先をこされちゃったか。悔しいなあ。まあ、兄貴だし、仕方がないか。でも、みんなミーちゃんの頑張りに感謝してると思うよ」

「感謝なんて、そんなこと……」

　なんだか気恥《きは》ずかしくなって、首を横に振る。

外壁の見回りには何度か連れ出されたが、まだ本格的な討伐《とうばつ》には出してもらえない。ただ、必死に日々の雑務をこなしているだけだ。

困ったように首を傾《かし》げてフィルを見ると、彼はミリエルの戸惑いを吹き飛ばすように大きく口を開けて明るく笑った。

「オレの言葉を信じてよ。なぁ、セディ、エドガー、オレたちミーちゃんに感謝してるよな?」

フィルは座ったまま背伸びをするようにして、あくびをしながらそばを通り過ぎようとしていた騎士のひとりと、フィルの隣の棺で黙々と自分の剣の手入れをしていた騎士に声をかけた。

「ああ? まあ。ちょこまか動いて小動物みてえだな。見ていておもしれえ」

「――うむ、詰所がいまだかつてないくらいに片付いておる」

「ほらね」

フィルがそらみろ、と得意げに胸を張る。

(それは……感謝なの?)

「オレも感謝してるよ。ミーちゃんの声、懐かしいんだ。一生懸命練習してる眠り詩なんか聞いていると聞き惚《ほ》れちゃって、うっかり眠りそう」

「聞き惚れてもらえるほどうまくはないです。むしろ下手《へた》なくらいで……」

納得がいかずに、なんと返したらいいのかわからなくて口元に手を当てたミリエルだったが、ふいにフィルがにんまりと笑った。

「それでもいいんだよ、ミーちゃんは。——そうっすよね、エセルバートの兄貴」

「——なんの話だ？」

ミリエルの背後から唐突にエセルバートの声が響いたかと思うと、袖口《そでぐち》のボタンまできっちりととめられた騎士服の腕が体の前に回され、後ろから抱きしめられた。長い赤銅色の髪がさらりと肩口からこぼれ落ちて頬《ほお》をかすめる。外から帰ってきたばかりで、冬の凍えるような空気がまだ服に残っているのか、ひんやりと冷たい。

あまりの気配のなさに驚いて持っていた包帯を取り落としそうになり、あわてて握りしめた。

「おまえはすぐに驚くな」

「と、突然現れる副隊長のせいです。作らせていた眼鏡を取りに行っているとばかり思っていましたから。——それより、はなしてください」

「抱き心地がいいから、はなしたくない。外は寒かったんだ」

ぞくりとするほど心地のいい声で耳元でそういわれ、ついでとばかりに耳に口づけられる。

「——っ!?」

ミリエルは赤面して今度こそ包帯を取り落とした。棺のそばに転がったそれをフィルがあきれたように拾ってミリエルの足元にあった箱に放り込む。

「兄貴、別のところでやってくださいよ。野郎どもには目の毒ですって」

「わざと見せつけているのがわからないのか。——おまえらが手を出さないようにな」

面白そうに笑ったエセルバートがようやく腕を解いてくれた。ぬくもりが離れていくのがすこしだけ寂しくなる。妙な感覚を振り払うようにあわてて振り返ったミリエルが見たエセルバートの顔には、新調した眼鏡がかけられていた。以前のものとほぼ同じ細いフレームの意匠《いしょう》だ。エセルバートの秀麗な顔にはよく似合う。

「フィル、また予備の予備を持っておいてくれ」

エセルバートが木箱に入った眼鏡をフィル目がけて放り投げる。棺からずり落ちそうになりながらも、なんとか受け取ってぶつぶつと文句をいうフィルを、ミリエルはうらやましい気分で見ていた。

(預けられるようになるくらい信頼されたい。頼りになるには、ほど遠い道のりなんだけど)

ミリエルが唇を引き結んで頭を悩ませていると、その目の前にエセルバートが小さな箱を差し出してきた。

「おまえにはこれだ」

「え?」

目を瞬《しばた》いて、戸惑ったように箱とエセルバートの顔を交互に見る。眼鏡の箱にしては手のひらに収まってしまうほどだから小さすぎるし、なにより綺麗《きれい》にリボンがかかっている。

エセルバートが意味深な笑みを浮かべた。

「いらないか? もうすぐおまえの誕生日だろう」

「え!?　誕生日なんだ？　おめでとう！」

棺から飛び跳ねるようにして立ち上がったフィルの素《す》っ頓狂《とんきょう》な声が詰所内に響き渡る。何人かの『棺の騎士』がなにごとかとこちらを見ていた。注目されるのを感じつつも、ミリエルはフィルに頷《うなず》いて、エセルバートを困ったように見上げた。

「三日後ですけれども……。でも、こんなことは……」

「心配するな、そんなに高価なものじゃない。いつ討伐に出るかわからないからな。いま渡しておく」

自分はなにもしていないのに、こんなものを貰《もら》ってしまっていいのだろうかと受け取れないでいると、エセルバートは強引に押し付けてきた。

「迷惑か？」

「そんなことはありません！　ありがとうございます、副隊長」

箱を握りしめて打てば響くような返事をすると、エセルバートは意地の悪い笑みを浮かべた。この顔をする時には大抵ミリエルが困るようなことをいう。身構えながらエセルバートを見上げる。

「そこは俺の名前をいってくれると、贈ったかいもあるけどな。ちゃんと覚えているのか？」

「覚えています。――ありがとうございます、エセルバート様」

素直に嬉《うれ》しくて、自然と口元がほころぶ。

それほど困ることをいわれなくてよかったなどと思っていると、エセルバートがなぜかしまった、とでもいうように顔をしかめて自分の額を押さえた。その横合いからフィルの驚愕《きょうがく》の声が上がる。

「笑った！　ミーちゃんがオレたちの前で初めてちゃんと笑ったっすよ！　兄貴！」

「ミーちゃんじゃない。笑ったくらいで騒ぐな。俺はもうとっくに見ている」

「ちょっ、自分で名前を呼ばせておいて、なにを照れているんすか！　そんな初心《うぶ》な恋愛遍歴じゃないっすよね!?　あのお嬢様とか……」

「なにをどさくさに紛《まぎ》れてよけいなことを暴露しようとしているんだ。すこし黙れ」

ただでさえ大きなフィルの声がさらに声量を上げるのに、エセルバートが額を押さえたまま睨《にら》み上げて低く一喝する。それでもエセルバートの耳がすこし赤くなっているのに気付いたミリエルは、なんだかわからないがおかしくなった。

いつの間にかフィルのまわりに集まってきていた騎士たちが、どよめく。その彼らを見て、エセルバートが眉間《みけん》に皺《しわ》を寄せて追いやるように手を振った。

「見せものじゃない。さっさと散れ」

「そんなあ、独り占めっすか。さっきは見せつけてるっていったじゃないっすか」

心底がっかりしたように肩を落とすフィルに、エセルバートがその頭を片手で握る。

「あ、痛い！　痛くないけど、痛い気がする！　いいじゃないすか、減るもんじゃないし」

「おまえ、本気で黙れ」

よほど頭にきているのか、エセルバートはどんどんと無表情になっていく。フィルのまわりの騎士たちもその騒ぎをあおって、はやし立てる。

彼らの騒ぎを横目に、ミリエルに向けて祝いの言葉をいってくれる騎士たちもいた。フィルに声をかけられていたエドガーなどは、どこで貰ってきたのかちょっとした菓子の包みを渡してくれた。

(誕生日なんて、もう何年も忘れていたのに)

士官学校に入ってからは特に、そんなことは思い出しもしなかった。祝ってくれるひとがいなかった、というのもある。

先ほどフィルが「みんな感謝してる」といっていた言葉が思い起こされて、ほんのりと心が温かくなる。まだなにも知らないでいられた幼い頃に感じていた家族のような温かさ。

(うん、大丈夫、また頑張れる)

ミリエルはエセルバートから貰った箱を壊れ物を扱うようにそっと握りしめて、何度もいい聞かせるように言葉を繰り返した。

「エセル、フィルをいじめていないで、すこし来てください。話があります」

ふいに詰所からつながる隊長の執務室から顔を出したアルヴィンが、いつものように硬い声で呼ぶのに、エセルバートは締め上げていたフィルの頭を放して、そちらに向き直った。

「ああ、わかった。ミリエル、それはさっさとしまっておけ。こいつらにからかわれるだけだ」

大切そうに貰った贈り物を胸に抱えていたミリエルに笑ってそういい置き、エセルバートは執務室へと足を向けた。

エセルバートの姿が執務室へと消えると、騎士たちもミリエルにからかいの声をかけつつも徐々に散っていった。

ミリエルも口元に浮かんだ笑みもそのままに、贈り物をしまっておこうと踵《きびす》を返そうとすると、ふいにフィルが柔らかな笑みを浮かべながら、横合いから顔を覗《のぞ》きこんできた。

「ミーちゃんすごく嬉しそうだね。贈り物が嬉しくて仕方がないって顔してる。兄貴もなあ、みんなが見てる前で渡すなんて、よっぽど他の男を寄せ付けたくないみたいだ」

「そーそー、さっきだって見せつけてるとか、手を出さないように、とか。うちのやつらのだれがそんなことするかっての。んなこと、怖くてできやしねえよ」

すぐそばにいたセディがフィルの肩に肘《ひじ》を乗っけてからからと笑うのに、ミリエルはたちまち赤くなった。

「そ、そんなことはないと思います。わたしのことなんか……」

「あるよ。だって兄貴はさ……」

いい募ろうとしたフィルは、ふと口をつぐんだ。そうしてなぜか寂しそうに、懐かしそうに笑う。

「フィルさん？」

かすかに首を傾げると、フィルはいつものように八重歯を見せて笑った。

「なんでもない。まあでも、ミーちゃんは自分を否定しないで、ちゃんと自分の気持ちを正直にいわなくちゃ駄目かな。おせっかいだけど、これは友達からの忠告」

ミリエルは目を瞬いてエセルバートから貰った箱を握りしめた。

「友達？」

「え？　駄目だった？」

きょとんと呟《つぶや》くと、フィルが意外だというように、大きく目を見開いた。

「同僚とか、仲間とかだと、味気ないじゃん。だから友達」

屈託なく笑うフィルに、ミリエルは気分が高揚していくのを抑えるように胸元に手をやった。ノイエの屋敷に居た頃は弟が遊び相手だったし、士官学校に入ってからはそこまでの関係になれる環境ではなかった。そんな風にいわれるのは、初めてでなんだか照れくさい。

「友達、ですね」

ふわりと笑うと、フィルも同じように笑ってくれた。その横でセディが声を上げる。

「んじゃ、俺は親戚の兄貴で」

「あ、じゃあ僕は幼馴染《おさなな》《じ》みのお兄さんがいいなぁ。エドガーは？」

「近所に住む気のいい兄」

ひょっこりと会話に割りこんできたグレアムがのんびりといって、フィルの隣の棺のエドガーに話を振った。

「気のいいって、なんなんだよ。それになんでさりげなくみんな兄なわけ?」

フィルが腹を抱えて笑い出す。ミリエルもつられるようにして笑った。

(夜会の時に、あのまま辞めないでよかった)

そうしたら、こんなに楽しくいられることはなかったかもしれない。

引き止めてくれたエセルバートに感謝するように、ミリエルは彼から貰った贈り物をいっそうのこと強く抱きしめた。

＊＊＊

しんとした水底のような静けさがブランデル邸内を包みこんでいた。

エセルバートがひとにかまわれるのが嫌いなのか、邸内は昼間でさえもそれほどひとの気配がしなかったが、夜になるとなおさら静けさを増す。

その屋敷の自分に与えられた部屋で、ミリエルはエセルバートから貰った小箱を机の上に置き、考えこんでいた。

(開けてもいいのかな)

開けたらもったいない気がするのと、クローディアに対する後ろめたさ、そして開けたい気持ちがせめぎあい、薄い桃色のリボンを解いたのはいいものの、そこから箱を凝視したままでいる。

「――うん、開けよう」

覚悟を決めて深呼吸をし、勢いよく箱を開けたミリエルは、なかから現れた鮮やかな赤に目を奪われた。

「炎の鳥みたい」

鳥の形をした、燃えるように赤い硝子《ガラス》のブローチが天鵞絨《ビロード》の布のなかにうずもれるようにおさまっていた。そっと持ち上げてみると、蝋燭《ろうそく》の明かりが反射してまるで羽ばたいてでもいるかのようだ。

(わたしが鳥を好きなのを知っていたの?)

そうだったらなんだか嬉しい。すこし迷ったが、手鏡を持ってくると襟元《えりもと》にブローチをあてて映してみる。だが、映った自分の姿を見て、急激に気持ちがしぼんだ。

深みのある赤い色のブローチは、幼さの残る自分の顔をかすめさせ、まるで内緒で母親の宝石を借りた子供のように、まったく似合っていなかった。

(なんだか副隊長みたい)

鮮やかな赤銅色の髪をしたエセルバートのそばに、ちっぽけな自分がいるのと同じようだ。

(きっと、クローディア様の方が似合う)

せっかくエセルバートが贈ってくれたものなのに、申し訳ないほど似合わないことに落胆してブローチを箱に戻し、机に突っ伏す。貰った時の浮かれていた気持ちはとっくになくなってしまい、頬を机につけたまま、ため息をつく。ぼんやりとさまよわせた視界に、箱に結ばれていた子供っぽい桃色のリボンが映った。

(わたしにはせいぜいあれくらいがちょうどいいのかも……)

すこし頭を冷やそうと、ゆっくりと立ち上がって青白い月光が差し込んでくる窓を開けた。ひんやりとした凍えそうなほど冷たい空気が室内に流れ込んで、ごちゃごちゃになっていた感情も頭もわずかだがすっきりとしてくる。

「やっぱり、返そうかな……」

夜風に揺らされた髪を押さえて振り返れば、机の上に置かれた箱とリボンのほかに、白銀の銃が目に飛び込んできた。

『暁の女神』はその存在感を見せつけるように鈍く輝いて、ミリエルにどうしようもない罪悪感と劣等感を呼び起こす。蝋燭の明かりに照らされたいくつもの宝玉が、まるで責めているように硬質な光を反射させる。

(ブローチのことで悩んでいる場合じゃないのに)

そっと机に近づいて、『暁の女神』のほんとうなら宝玉がはまっているはずの場所をくるりと指先でなぞる。

冷静になって考えてみれば、やはり貰えない。

(副隊長はおばあちゃんにわたしを頼まれただけだもの……。こんな物まで貰っていいはずがない)

名残惜《なごりお》しそうに机の上のブローチを見やり、その傍らにあるリボンを手に取る。

(でも、このリボンを貰うだけくらいなら、許してくれるよね)

ミリエルはリボンをポケットにしまうと、箱を握りしめて自分の部屋を出た。


エセルバートは部屋にいなかった。意気込んでいた分、なんだか気が抜けてしまったが、ミリエルがその姿を探して階下へ降りていくと、行き会ったメイドが居間にいると教えてくれた。

よくいい聞かせられているのか、ここの使用人はミリエルがこの屋敷に突然やってきても素性を詮索《せんさく》することはなかったが、そのかわりにとでもいうように向けられる、やたらと輝いた、期待に満ちた目には困る。

メイドに教えらえた居間にたどり着いたミリエルは、ノックをしても返事がない扉をそっと開けて立ち尽くした。

(寝てる……)

エセルバートは窓辺に置かれた長椅子《いす》に身を沈めて眠っていた。暖炉の火が部屋を程よく暖めていて、うたた寝をしたくなるような心地よさだ。

眼鏡は外され、すぐそばのサイドテーブルの上にあり、普段はまとめられている長い髪が滝のように床に流れ落ちている。それだけでも別人のようなのに、いつもは騎士服を肌も見えないくらいにきっちりと着こんでいるが、めずらしいことにシャツの襟元をくつろげていた。

書類が机の上にあったが、整えられているところをみると、なにか仕事をしていて休憩中なのだろうか。エセルバートのことだから、狸《たぬき》寝入りではないか確認しようと足音をしのばせて近寄ったミリエルは、その襟元から覗く肌が赤黒く変色しているのに気付いてはっとした。

「火傷《やけど》の、痕《あと》……?」

つい声を出してしまい、ミリエルはあわてて口元を押さえた。それでもエセルバートはよほど深く眠りこんでいるのか、目を覚まさない。

そのことに安堵《あんど》しつつ、床に膝《ひざ》をついてじっと火傷の痕を見つめた。こめかみや手にあった痛々しい火傷の痕と同じものだ。最近のものというより、ずいぶん古そうに見える。

(全部右側……、たしか利き腕の方よね。もしかしてサラマンダーのせい？　魔術を使った本人が怪我をするなんてことがあるの？）

そもそも魔術は稀《まれ》に反動がくることもあるらしいが、行使者には影響をおよぼさないことの方が多い。

これだけの火傷だ。生死にかかわるものだっただろう。左側が綺麗な肌をしているだけにやけに目立つ赤黒い痕に、おもわず手を伸ばしかけてそのまま拳を握りしめて下ろした。

（わたしは副隊長のことをなにも知らない）

ふとそれに気付いて、ミリエルは唇をかみしめた。

出生も、現在の立場さえもきちんと理解をしていない。自分のことばかりで、尋ねようともしなかったことにいまさら気付いた。

手にしていた箱が急に重く感じる。ほんとうに自分はこれを貰えるような人物ではないのだと思い知らされる。

エセルバートの顔をしばらく見つめていたミリエルだったが、ふとその薄い唇が引き結ばれているのを見て、慌てて立ち上がろうとしたが唐突に腕をつかまれた。エセルバートの濃紫の双眸《そうぼう》がゆっくりと開かれる。

「遅い」

「やっぱり起きていたんですか……」

「どうして気付いた？」

「ほんとうに眠っている時には口で息をしていなくても、すこし開いているそうです」

視線をエセルバートからそらしながら、早口でなんとか答える。エセルバートがちゃんと着こんでいないせいで、目のやり場に困るのだ。眠っている時とはなんとなく感覚が違う。赤くなった頬を隠すようにますます視線を落とす。

「あのっ、ちゃんと服を着てください」

「さっきはずいぶんじろじろと見ていたじゃないか」

「あれは……っ」

ふいに起き上がったエセルバートにつかまれたままの腕を引っ張られて、長椅子の上に引き上げられる。そのまま後ろから抱きかかえられるように腕のなかに収められてしまった。

「こうすれば見えないだろう？　ああ、やっぱりおまえ温かいな」

驚きと羞恥《しゅうち》で声も出せずに身を硬直させると、エセルバートは耳元で笑ってきた。ぞわぞわと悪寒ではない別のなにかが背筋を上ってくる。目の前に、さらりと流れる赤銅色の髪が映った。

「か、髪が綺麗ですね」

いたたまれなくて脈絡のないことを口にしたミリエルは、すぐに後悔した。それは女性に対する褒《ほ》め言葉だ。しかもなんだか文脈もおかしい。ばかさ加減に自分であきれていると、エセルバートはあきれるでもなく髪をつまんで苦笑した。

「そうか？　アルヴィンにはよくうっとうしいから切れ、とかいわれているけどな。おまえは

のばさないのか？　入隊したての頃よりはのびたようだが」

「わたしは……あまりこの色が好きじゃないので。ずっと切ろうかと思っている所です」

自然と声が沈む。かるく俯《うつむ》くと、白金色の細い髪が視界に映った。それを避けるように目を閉じる。

心底倦《う》んでいるというより、できれば見たくなかった。髪が魔力の源のひとつなのはわかっている。でも、どうしても嫌いな色を多く目にするのは苦痛だった。

「『暁の魔女』を彷彿《ほうふつ》とさせるからか？」

後ろから聞こえてきた言葉に、閉じていた目を見開き、すぐに無言で頷く。

『暁の魔女』はいい伝えによればミリエルと同じような白金色の髪をしていたという。城内にある神殿にはその絵姿が掛けられている場所があるらしいが、見に行ったことはない。

魔具『暁の女神』を使えない自分がその色を宿しているなんて、どれだけの皮肉だろう。

ミリエルが唇を噛んで俯いていると、唐突にエセルバートが髪に触れてきた。

「そんなに嫌《いや》なら、染めたらどうだ。黒でも赤でも茶でもなんでも好きな色にすればいい。根本的には解決しないが、見たくないならそういう手もある」

梳《す》くように髪を撫《な》でる優しげな手つきとは逆に茶化す響きに、ミリエルはなんだか肩の力が抜けてしまった。自分が悩んでいたことに簡単に答えてしまうエセルバートが憎らしくもなってくる。

「まあ、俺は好きだな。優しい柔らかい色だ。甘い砂糖菓子の香りがしてきそうで、落ち着く」

腰に回されていた腕でさらに引き寄せられて、ミリエルは赤面しつつも無言でエセルバートを振り返った。

「どうした。やけにおとなしいな」

問いかけながら微笑む顔は変わらない。こめかみのあたりの痛々しい火傷の痕がやはり目につく。

（もっと副隊長のことを知りたい）

ミリエルは手にしたままの箱を握りしめ、思い切って口を開いた。

「あの、副隊長、聞いてもいいですか？」

「この火傷のことか？」

エセルバートが苦笑してこめかみから顎《あご》そして開かれた胸元の火傷の痕を片手で撫でる。先回りして答えらえてしまい、躊躇《ちゅうちょ》したが、ミリエルはしっかりと頷いた。いまならはぐらかさずにちゃんと答えてくれそうな気がした。

エセルバートは話しにくいのか、しばらく黙って考えこむようにかるく目を伏せた。ミリエルがやっぱり聞かなければよかっただろうか、と心配になった頃、やがて静かに語り出した。

「この火傷は子供の頃、サラマンダーの魔力が開花した時に負ったものだ。俺の魔力はかなり強かったらしい。両親と一緒に領地から都に戻ってくる時に魔獣に襲われたんだ。ジェシカ様に助けてもらわなかったら、きっと死んでいたな」

「祖母に、ですか？」

ミリエルは首を傾げた。何年前のことかわからないが、ミリエルの物心がついた頃には祖母はすでに胡蝶《こちょう》を引退していて、屋敷にいたはずだ。わざわざ現場に駆けつけるはずはない。

「両親ともにジェシカ様と親しかったんだ。それに都の近くの遺跡のそばだったことも幸いしていた。駆けつけてきた騎士がジェシカ様に知らせてくれたらしい」

エセルバートはミリエルの髪先をもてあそぶように撫でながら、淡々と続けた。その猫を撫でているような仕草と話される痛ましい内容の落差に、エセルバートの手を払いのけられなくなる。

「両親は俺をかばったせいでもう息が絶えていたが、俺はかろうじて息があった。魔獣からの傷より、自分で放った炎で負った火傷の方がひどくてな。何日も高熱を出して死線をさまよっていた。ジェシカ様が貴重な薬を飲ませてくれなければ、助からなかっただろう。その後遺症か……」

言葉を切ったエセルバートはミリエルの髪から手を放して顔を覗きこんできた。秀麗な顔がぐっと近くなる。初めて顔を合わせた時のことを思い起こさせる行動だったが、あの時と違って混乱するでもなく、胸が締め付けられるように痛い。

「ほら、こうしないと人の顔がはっきりと見えない。そのおかげでほかの感覚が鋭くなりました。――という身の上話」

いつもなにかしらの反応を示すミリエルが黙ったままの理由を察したのか、エセルバートは薄く笑ってすぐに顔を遠ざけた。そのままミリエルの前に回していた腕を解き、背もたれに背を預けて顔を仰向けてしまう。

過去を話してくれたことを素直に喜ぶには、その内容はあまりにも悲惨なもので、ミリエルは腕を解かれても、エセルバートから離れることができなかった。

(――だから、いつも騎士服をきちんと着ているの?)

襟元から覗く火傷の痕は、いまでも手当てをしたくなるほど生々しく残っている。

エセルバートが一分の隙《すき》もないほど騎士服をきっちりと身につけるのは、火傷を目にすると両親の死にざまを思い出してしまうから嫌なのだろうか。手袋でさえ、外しているのを見るのは稀だ。

「なんでおまえがそんなに泣きそうな顔をするんだ」

ミリエルの視線に気づいたのか、仰向けていた顔をこちらに向けて目を眇《すが》めたエセルバートはわずかに面食らったようだった。彼はしばらく無言でいたが、ふいになにか思い至ったのか

「ああ、そうか」と呟き、どことなく申し訳なさそうに笑った。

「おまえの考えているように、火傷の痕を見たくないだとか、そんな理由じゃないぞ」

「違うんですか?」

「ああ、そういう感傷はとっくに通り過ぎた。まあ、見ていてあまり気分のいいものじゃないだろう。特に女子供には怖がられるからな。だからなるべく隠すようにしている」

一度子供に泣かれた時には泣き止まなくて困った、などとあっけらかんと話してくるエセルバートにミリエルは初め唖然《あぜん》としていたが、やがて笑ってしまった。

（副隊長らしいけど……）

ほんとうのことをいっているのか、気遣ってくれているのか、それはわからない。だが、もうどちらでもよかった。全部をひっくるめていまのエセルバートがいる。それで充分だった。

「そういえば、おまえはこれを見ても怖がらなかったな。気味が悪いとかいわれて、敬遠されることがあるんだがな」

「気味が悪い？　ほんとうの話を知らなくても、国を守ってきた証かもしれない、と想像くらいつきます。それをそんな風にいうなんて、絶対に許せません！　だれにいわれたんですか!?」

エセルバートの服を箱を持っていない方の手で強く握って詰め寄ると、彼は虚を突かれたような顔をしていたが、やがて肩を揺らして笑い出した。

「そんなことを聞いてどうするつもりだ」

「引っ張ってきて、討伐に同行してもらいます。そうすれば魔獣の討伐がどんなに大変なことなのか、身に染みてわかると思います。――って、どうしてそんなに笑うんですか」

笑い続けるエセルバートをまっすぐに睨み上げる。

「けっこう過激だな。おまえがそんなに腹をたてたのは見たことがないぞ。まあ、だれになにをいわれてもいいさ。――そんな風に怒ってくれるのはおまえだけでいい」

握りしめていたエセルバートの服からやんわりと手を引きはがされて、そのまま手の甲に唇を落とされる。たちまち羞恥で身を強ばらせると、エセルバートはくすりと笑って、すぐに手を放してくれた。

「――それより、さっきからなにを握りしめているんだ。あんまりよく見えないが、どうも見覚えのある箱のようだがな」

長椅子の肘置きに頬杖《ほおづえ》をついたエセルバートがふとミリエルの手元に視線を向けた。

エセルバートの指摘に、ミリエルはようやくここへきた用事を思い出した。あわてて椅子から立ち上がると、数歩離れて両手で箱を差し出す。忘れていた緊張がぶり返してきて、手が震えた。

「あの、やっぱりこれは――」

「返すなんていうなよ？　俺の面目が丸つぶれだ」

「そんなつもりじゃ……」

ミリエルは怯《おび》えたように肩を揺らした。エセルバートは口元だけではなく、ちゃんと目も笑っていたから怒ってはいないようだが、それでも気持ちを踏みにじってしまっただろうかと、罪悪感が浮かんでくる。

引っこみのつかなくなったミリエルを眺めながら、しばらく思案していたエセルバートだったが、やがて手招きをした。おそるおそる寄っていくと、彼はサイドテーブルの上にあった眼鏡をかけ、ミリエルの持つ箱を開けてブローチを取り出した。そうしてミリエルの顔とブローチを見比べて眉根《まゆね》を寄せる。

「あまり似合わないか」

小さく呟いたエセルバートは、その視線がなにかをとらえたのか、思いついたように肘置きから身を起こした。

「いいものがあるじゃないか」

エセルバートの手がこちらに伸びてきたかと思うと、ポケットからはみだしていたらしい桃色のリボンをするりと取り出した。

なにをするのだろうと不思議に思っていると、エセルバートは器用に蝶々《ちょうちょう》結びを作り、その中心の結び目にブローチをつけた。そうしてミリエルのブラウスの襟元にとめる。

「ああ、これでいいな」

満足そうに笑うエセルバートに、ミリエルは自分の襟元に目を落としてブローチをしげしげと眺めた。鏡がないのではっきりとたしかめられないが、ブローチだけよりもはるかにましな気がする。

「明日からちゃんとつけていけよ。〝目印〟だからな」

「――っ」

不敵な笑みを浮かべたエセルバートに、ブローチを片手で押さえて、赤面する。

（目印って……、どういう意味!?）

迷子にならないようにとか、身分証がわりに、とかまさかエセルバートの婚約者のとかといったように、勘ぐれば勘ぐるほど自惚《うぬぼ》れてきてしまい、鼓動が速くなってくる。

いつものように口端を持ち上げて茶化すように笑うエセルバートから目をそらす。その本心を知りたいのと、いや、絶対に知りたくないという正反対の感情を抱いて、結局なにも言葉を返すことができないでいると、エセルバートが思い出したようにいった。

「ああそういえば、あれをいっていなかったな」

エセルバートがミリエルの両手を包みこみ、濃紫の双眸を細めて笑って見据えてきた。

「誕生日おめでとう、ミリエル。『暁の魔女』の加護がおまえにあるように。そして出会えた運命に感謝を」

それはほんとうならば祝福の口づけとともに、家族から、恋人から、毎年贈られるはずの言葉。数年ぶりに聞いたその言葉は、泣きたくなるほどに甘く優しげな響きをともなって、胸にしみわたった。詰まってしまった声を、なんとか絞り出そうと口を開ける。

「――っありがとう、ございます」

「ほんとうは、三日後だけどな。なんだったら、三日間、毎日いおうか？」

笑いを含んだ声音に、いつものようにからかっているのだと知る。ふと、フィルの言葉を思い出した。たまには、自分の気持ちに正直になってみてもいいかもしれない。

「えと、それじゃ……。はい」

エセルバートが目を丸くした。まさかミリエルが頷くとは思わなかったのだろう。すこしだけ後悔して、ミリエルはエセルバートの手から自分の手を引き抜こうとした。

「あの、やっぱり……」

「いや、いう。めずらしくおまえがねだったんだ。いわせてくれ」

なぜかあわてたようにいい募るエセルバートに、引き抜こうとしていた手を強く握られる。

「無理をしなくても……」

「していない。なんだったら、儀礼にのっとって祝福の口づけもしようか」

「――そこまではいいです！」

いつもの調子で引き寄せようとするエセルバートを突っぱねたが、再び腕のなかに収められてしまった。

「俺の時にもいってもらうのを、楽しみにしているからな」

押し付けられたエセルバートの胸から聞こえるすこし速めの鼓動に、自分の心臓の音が重なるような感覚を覚えながら、ミリエルは小さく頷いた。

# 第四章　夜明けとともに眠れ

「おまえやっぱり『暁の女神』を継承した時のことを思い出せないか？」

そんなことを聞かれて、ミリエルはぎくりと肩を揺らした。いつものように朝、交代する『棺《ひつぎ》の騎士』を起こすエセルバートを振り返る。

胡蝶《こちょう》の詰所内は生者のためには造られていないせいか、それほど暖かくはない。外よりは幾分かまし、といったほどだ。

エセルバートを手伝って棺の蓋《ふた》を開くのは、冷たさのあまり指先の感覚がなくなってくる。その冷え切った手で握っていた蓋を置いたミリエルは、ぎこちなく首を横に振った。

「はい、幼すぎて記憶があいまいなんです」

後ろめたい思いで、ミリエルが開けた棺のなかの騎士の額にふれるエセルバートのわずかに目元をゆがませた横顔から目をそらす。

「そうか……。俺も、アルヴィンの方でも調べているんだがな、どうも芳《かんば》しくない。神殿関係もあそこは秘匿《ひとく》をするからな」

なんの感情もにじませずにいったエセルバートに、ミリエルはぐっと唇をかみしめて、次の棺の蓋をゆっくりと開いた。

一番いい方法はミリエルが両親に直接聞いてくれればいいのだ。だが、エセルバートはあえてそれをいわない。アルヴィンでさえもだ。

（いつまでも甘えていたら、駄目だ。次の討伐《とうばつ》には連れて行くともいわれたし）

棺の蓋にかけた手を温めるように握りこむ。

エセルバートからブローチを貰った次の日、アルヴィンに次に魔獣が出たら一緒に出てもらう、といわれたのだ。そろそろ意気地のない自分とは決別しなければならない。

ミリエルは覚悟を決めて、顔を上げた。

また蓋を開けた棺を覗きこんだエセルバートは、かるい仕草で騎士の額を叩《たた》いたが、その表情はやはりわずかにしかめられた。仮の眠りにつく『棺の騎士』を起こすのは目覚めの詩はいらず、触れるだけでいいそうだが、『棺の騎士』を起こすのは苦痛なのだろうか。

「副隊長」

「なんだ」

「両親のところへ行って、聞いてきます。『暁の女神』はわたしの魔具ですから」

震えそうになる体を叱咤《しった》して、なんとかそういい切る。エセルバートが騎士を起こす手を止めて、顔を上げた。その表情は嬉《うれ》しいような、悲しいような、どこかあいまいな感情を浮かべて、最後に安堵《あんど》したように笑った。

「それなら、俺の名前で面会を申し込んでおくか。そうすればそう簡単には断れないだろう」

ミリエルは申し訳ない気持ちで頷《うなず》いた。

きっと自分がたずねていっても、話さえも聞いてもらえない。『エセルバート・ブランデル』の名前でその遣いとなれば、すぐに追い出されることはないだろう。

「ありがとうございます。よろしくお願いします」

勢いよく立ち上がり、深く頭を下げる。白金色の髪の先が目に映ったが、それでもそらすことはしなかった。

とてつもなく怖いけれども、きっとこれを乗り越えればもうすこし強くなれる気がする。エセルバートの足手まといにはなりたくない。

ほんのわずかだが、それでも一歩を踏み出したような気がして、はりきって次の棺の蓋を開けようとした時だった。

円卓のように並んでいる棺のひとつが、わずかに開いているのに気付いた。あれは空だといわれていたものだ。だれかがぶつかるなりして、蓋がずれたのかもしれない。

そばへ寄り、蓋を戻そうとして、ふとその隙間《すきま》から騎士服がはみでているのに気付いた。

(だれか間違えた?)

すでにどの棺がだれのものか把握していたが、間違えることもあるだろう。今日起きる予定の騎士かどうか確認しようと蓋を開けかける。

「あっ、ミリエルちゃんそれは駄目だ!」

突然騎士のだれかが大声を上げるのに、驚いて蓋を取り落し、棺の縁《ふち》についていた手が滑《すべ》った。そのままなかで眠っていた『棺の騎士』の上に倒れこむ。

「おい、大丈夫か!?　すごい音がしたぞ」

数個後ろの棺のそばにいたエセルバートが、めずらしくあわてた声を上げて走り寄ってくる。

ミリエルは痛みを訴える額や棺に打ち付けた腰をかばいながら、後ずさるようにしてなんとか起き上がった。

「はい……、なんとか……」

顔をしかめて、うめきつつ額をさすったミリエルの耳に、衣擦《きぬず》れの音が届いた。

「――どんな乱暴な起こし方をしてくれるんですか……」

冷えているが怒りに満ちている声が棺のなかからしたかと思うと、起きるはずのない『棺の騎士』が不機嫌そうに起き上がった。

驚愕《きょうがく》のあまりに声もなく床に座りこんだミリエルと目が合って、彼は動きを止めた。

「…………」

「…………アルヴィン、隊長、ふざけてます?」

なかば呆然《ぼうぜん》としてアルヴィンの顔をしている『棺の騎士』に問いかける。するとその眉間《みけん》に定番の皺が深く刻まれた。青白い指で額をさするアルヴィンに恐ろしいほど青い瞳で睨《にら》まれる。華やかな顔立ちをしているだけに、よけいに迫力があって怖い。

「ふざける必要がありますか。あるのなら私に聞かせてくれませんか。それより――エセル、昨日、私の棺を閉めたのは誰です」

「グレアムのばかだ。鍵をかけ忘れたようだ。あいつは今日は起きる日じゃないぞ」

「……っ、あの粗忽者《そこつもの》が！」

舌打ちしそうな勢いで低く呟《つぶや》いたアルヴィンに息を飲むと、混乱のあまり固まってしまったミリエルの肩を、エセルバートが落ち着かせるように叩いた。

「おまえの気のせいだといっても、もう無理だろうな」

ミリエルは、そろそろと渋面を浮かべるエセルバートを見上げた。

「え、あの、アルヴィン隊長が『棺の騎士』？　え？」

「ええ、ええ、あなたがいま見たとおり『棺の騎士』です！」

なかばやけになったように吐き捨てるアルヴィンに、ミリエルは大きく目を見開いてはくはくと口を開閉させた。

(だって、それって、王太子候補なのに……)

胡蝶の隊長が、アルヴィン・シルヴェスタが『棺の騎士』。つまりはすでに亡くなっている。

「どうして……」

「理由はあとにしてください。それより、どういうことなのか状況を説明してもらいたいのですが？」

ミリエルの疑問を押しやり、アルヴィンは棺から出て腕を組んだ。エセルバートが眼鏡をかるく押し上げて、不可解そうに口を開いた。

「ミリエルがおまえの上に転んだら、起きたようだ。ちゃんと眠っていたはずだよな？」

「ええ、棺に入ったのに、眠らないわけがありません。気付いたらだれかの石頭だかなんだかが離れていくところでしたよ」

冷たい目でアルヴィンに見据えられ、ミリエルはわけがわからないながらも硬い床に伏すようにして必死で頭を下げた。

「申し訳ありません。痛かった……、いえ、驚かせてすみません！」

ミリエルが蒼白《そうはく》になって平謝りする姿にすでに起きていた『棺の騎士』たちがそろってアルヴィンに非難の目を向けたので、きまりが悪くなったのか、彼は額に手をやったまま深々と嘆息した。

「もういいです。それより、エセル」

「ああ、ミリエルちょっとこっちにこい」

真剣なまなざしで手招きをしたエセルバートに嫌《いや》な予感を覚えたが、ミリエルが足早にそちらに寄ると、フィルの棺の蓋を開けられた。

「こいつを起こしてみろ」

「え？　無理です」

「いいから、試しに手を置いてみてくれないか」

右の手首を握られて誘導される。有無をいわせない口調に観念したミリエルは、途中で手を放したエセルバートに促《うなが》されるまま、フィルの血の通わない冷たい額に手を乗せた。しかしフィルはアルヴィンのように吊《つ》り上がった猫目を開くことはなく、微動だにせずに眠り続けている。

「あの、やっぱり……」

ふいに棺のなかで動く気配がした。

「――おっはようござい……って、あれミーちゃん？　ミーちゃんが起こしてくれたの？　え、なんで？　あ、でも女の子の手で目が覚めるって、なんかいい気分だな。最高の目覚め」

「うそ……」

ミリエルが腰を抜かしたようにぺたりと床に座るその目の前で、アルヴィンと同じように目覚めたフィルが、起きた途端に騒々しく喋《しゃべ》り出した。

アルヴィンがうるさそうに顔をしかめる。

「起きましたね」

「起きたな。どういうことだ」

エセルバートが腕を組んでうなるような声を出しながら、不審そうにこちらを見た。

「ミリエル、おまえ眠っているこいつらに触っていたよな？」

「は、はい。永眠させる練習で触っていました、けど……。起きたことはありません」

「起きている『棺の騎士』には？」

「手当てする時にすこし……。でも、それで眠らせてしまったことはありません」

「まあ、そうだろうが……」

顎《あご》をひと撫《な》でして考えこみ始めたエセルバートを後目《しりめ》に、ミリエルは座りこんだまま自分の両手をまじまじと見下ろした。

なにがどうなっているのかよくわからない。自分の能力は眠らせてしまうことではなかったのか。エセルバートが思案しつつ、眼鏡を押し上げる。

「ちょっと別のやつでも試してみるか」

不可解な顔のエセルバートの提案に、ミリエルはただ呆然と頷くことしかできなかった。


結局、いわれたとおりに試した五人のうち、三人ほどがミリエルの手によって目を覚ますことになった。

「どういうことっすかね？」

ミリエルが騎士を起こすのを手伝ってくれていたフィルが棺の蓋を握って心底不思議そうに首をひねるのに、ミリエルはこちらの方が聞きたいと心底思いながら、立ち尽くしていた。

「もしかしたら起こす能力もあるのかもしれないな。さっきの状態だと仮の眠りだから、断定はできないが……」

　エセルバートがしげしげとミリエルを眺めてくるのに、ふとあることに気付いて自分の胸元を握りしめる。

「あの、それじゃ、もしかしたら弟……、ライオネルをわたしが起こせるかもしれない、ということですか？」

「俺は起こせなかったが……。でも魔術と同じ原理でいけば、眠らせた張本人なら、起こせる可能性は高いのかもしれない」

　ミリエルはこみ上げてきた嬉しさに、おもわずほころんでしまう口元をあわてて引きしめた。エセルバートの表情も浮かなかったし、アルヴィンも眉間の皺がいつもよりも寄っているので、あまり楽観視していないような感じを受けたからだ。

　ふいに眉根《まゆね》を寄せて何かを考えこんでいたエセルバートが組んでいた腕を解き、アルヴィンを振り返った。

「アルヴィン、例の戸籍の件をまとめた書類はどこにある」

「私の執務机の引き出しです。鍵がかかる一番上の。ミリエルに話しますか？」

「ああ、そうしよう。ミリエル、一緒にこい。アルヴィンのことも含めて話がある」

　アルヴィンが先に執務室に入っていくのを追いかけながら、硬い声でそういい放つエセルバートに、何事だと目を見張るフィルたち『棺の騎士』を不安げに振り返りつつも、そのあとに続いて執務室に入り、扉を閉めた。

エセルバートは執務机ごしにアルヴィンからひと揃《そろ》えの書類の束を受け取ると、しばらくなんともいえない表情でそれを眺めていたが、やがて横に立ったミリエルに静かに差し出してきた。

「悪いが、念のためにおまえの実の両親のことを調べさせた」

おそるおそる書類を手に取ろうとしていたミリエルは、途中で動きを止め目を見開いてエセルバートを見据えた。窓から差し込んでくる逆光が深い影を作り出し、エセルバートの表情がよくわからない。

「――おまえは『暁の魔女』の血をもっとも濃く継いでいる。魔女の直系の子孫だ」

エセルバートの耳に心地いい声がするりと頭に浸透する。ミリエルは受け取った書類に目を落として、浅い呼吸を繰り返した。手にした書類に力をこめすぎて皺が寄る。

「直系……。それじゃ、レイ神官の話してくれたおとぎ話は、ほんとうのことを元にしていた、の？」

「レイ？　レイがいつ、なにをいったんだ」

エセルバートが不快を隠しもしない声音で問い詰めてきたので、ミリエルは肩を揺らして怯《おび》えたように彼を見上げた。

「夜会の時、です。おとぎ話に例えて、レイ神官がわたしの兄だとほのめかすのに、どうしても信じられなくて……。黙っていて申し訳ありません」

「そういうことか……。ああ、疑って悪かった」

　にじませた怒気を消すようにふっと息を吐《は》いたエセルバートは、ミリエルの手から書類をそっと引き抜いて、机の上に置いた。そうしてかるく額を撫でる。執務机の向こうに立ったアルヴィンが細く息を吐いた。

「ジェシカ様があなたを実の両親から引き離したのは、そのレイのせいのようです。あの男は子供の頃から『ティル・ナ・ノグ』を見つけ出すことに執着していたそうですから。あなたにそんな思想を押し付けられてはたまらなかったのでしょう」

「そういえば、おまえを『ティル・ナ・ノグ』に連れて行くとかいったそうだったな？」

　ミリエルが唇を引き結んでエセルバートの問いかけに静かに頷くと、彼は額から手をどけて、わずかにずれた眼鏡をかけなおしながら、苦虫をかみつぶしたように顔をしかめた。

「レイは得体が知れない魔術を使う上に、胡蝶の騎士の正体を知っている。デューク王子の側近になったのも、『ティル・ナ・ノグ』の遺跡を規制されることなく探るのが目的だろう。都を探り当てて、その叡智《えいち》を手にし、古代王国の復活を望む。そんなばかげた妄想《もうそう》を真実にしようとするやつだ。だからおまえも自覚してほしい」

　エセルバートがいい聞かせるようにミリエルの頬《ほお》を片手で撫でてきた。

「おまえは貴重な存在なんだ。死者を永眠させられるばかりか、もしかしたら蘇《よみがえ》らせることもできる。そして『暁の女神』の所有者だ。いつ、だれに騙《だま》されてアルヴィンと同じ目にあうか、もしくは利用されて傷つくか、危なっかしくて目が離せない」

頬を慈しむように撫でてくる手は温かい。眼鏡ごしにでも心底心配そうなエセルバートを見据えて、ふとアルヴィンとデュークが王太子争いをしているのだと思い出す。

（騙されて、アルヴィン隊長と同じ目にあう？　ちょっと待って、それって……）

その考えに至った途端、ひとの思惑のあまりの残虐《ざんぎゃく》さにぞっとした。

ぶるりと身を震わせて、うかがうようにエセルバートを、そして眉間に皺を寄せたアルヴィンを交互に見つめる。

「まさか、アルヴィン隊長が亡くなられたのは……」

「一応は、事故だ」

エセルバートは顔をゆがめ、吐き捨てるようにいってミリエルの頬から手をどけた。

「地方への視察に行った際に落馬した。――ように見せかけられて、殺されたんだ」

「魔獣が出た場所に誘導されてしまいましてね。あの時にはまだ魔術は使えませんでしたから。それはもう、あっけなく」

自分のことなのに淡々と語るアルヴィンのその姿がなんともいたたまれなくて、ミリエルはわずかに視線を落とした。

「犯人は定かじゃないが、ばかでも見当はつく。犯人が王太子の位につくためには、アルヴィンは殺したいほど邪魔だっただろう」

苛立《いらだ》ったように前髪に片手を突っ込んだエセルバートの横顔を、弱い陽光が照らす。

「ただアルヴィンが『棺の騎士』になれる資質を持っていたことだけは、クローディアにとっては幸運だった」

クローディア、と聞いてじくり、と胸の奥が痛んだが、それを抑えるようにミリエルは襟元《えりもと》のブローチに手をやった。アルヴィンが腕を組んで、じっとこちらを見据えた。

「クローディアは私が死んだいま、デューク王子に並ぶ王太子の有力候補です。私と同じように殺される可能性が高い。私が生きているように見せかけるだけで、さまざまな障害の楯にもなりますし、逆にわが身を危険にさらしてでも王子を失脚させることもできる。クローディアを無事に玉座につけるまでは、私は安心して眠れません。ですが、それにはエセルの協力が欠かせない」

「俺には俺の都合があるがな。デューク王子が王になって魔術師の地位を落とされたら、かなわない」

皮肉げに笑ったエセルバートが、ぐっと拳《こぶし》を握る。

（シルヴェスタは女性でも、玉座につけるけど、きっと男性より厳しい……）

できればミリエルにはアルヴィンが『棺の騎士』だというのは知られたくなかったのだろう。どこからアルヴィンたちの不利になる情報がもれるかわからない。

ミリエルはもたらされた情報をなんとか整理しようと小さく深呼吸をして、ためらいがちにエセルバートの大きな手にそっと自分の手を添えた。

「話してくれて、ありがとうございます。わたしも気を付けます。なるべく副隊長たちの足手まといにならないようにしますから、心配しないでください」

エセルバートに微笑《ほほえ》みかけると、彼は長く息を吐いて天井を仰いだ。その表情が一瞬だけ、後ろめたそうにゆがめられたことには、気付くことはなかった。

＊＊＊

夜半、ひっそりと静まり返ったブランデル邸内の自分の部屋で、ミリエルはなかなか寝付けずにいた。

ここ数日、次は討伐に出るということで気が張りつめ、あまりよく眠れていなかったが、昼間の話が気になってなおさら眠気を遠くに押しやってしまう。

(わたしが『暁の魔女』の直系だなんて……)

祖母はなぜこの事実を話してくれなかったのだろう。直系だと周知すれば、エセルバートのいうように身の危険があったからだろうか。

ごろりと寝返りを打つ。机の上に置いてあるブローチの箱が目に入った。

（わたしはほんとうにこのまま副隊長の婚約者でいていいの？）

逆に迷惑ではないだろうか。

面倒な事情を抱えている自分をそばに置いてくれるのは、結局は祖母の遺言に従っているからだ。落ちこぼれの自分が、エセルバートの弱点になって、そこから足を引っ張ってしまわないだろうか。それでもいいといってくれるだろうか。

（期待したら駄目）

寝台に横になり、シーツの上に投げ出した手の先を見ながら、ぼんやりとそういい聞かせる。

ミリエルは細く息を吐くと、ゆっくりと身を起こしてシャツの上にショールを羽織《はお》った。

いつ討伐に出るかわからないので、ここ数日は騎士服の上着だけを脱いで横になっていたが、そのことも眠れないひとつの要因になっているような気がした。

（水をもらってこよう）

そうすればこの絡まってしまった思考も心もほどけて、眠れるかもしれない。

ミリエルは足音をしのばせて、静かに自室をあとにした。

部屋を出た途端に底冷えのするような空気が身を包みこんでショールの上から腕をさする。

階下の厨房《ちゅうぼう》へ降りようと階段の上に立ったミリエルは、ふと薄暗いなかにどこからか一筋の光がのびてくるのに気付いて、そちらに目を向けた。

長い廊下の先の突き当たり、たしかあそこはエセルバートの寝室ではなく、執務室だ。

(まだ起きているの?)

もうすでに真夜中はとっくに過ぎている。心配になったミリエルは、そっとそちらに足を向け、わずかに開いている扉の隙間からこっそりとなかをうかがった。

エセルバートが詰所の隊長執務室にあるのと同じような執務机について、なにか書類を読んでいた。その数枚だけでなく、机の上には似たような書類の束がいくつも乗っていた。

エセルバートは真剣な顔で読み終えると、ペンを走らせた。次の書類の束も同様に片付けていく。

(こんなに遅くまで、仕事をしているんだ)

自分のような従騎士にはせいぜい日々の報告書ぐらいだが、副隊長ともなればいくつも処理するものがあるのだろう。

ミリエルは足音をたてないようにその場から立ち去ると、厨房まで降りて行き、寝ずの番をしていた当番の料理人に頼み込んでお茶の用意をさせてもらうと、それをトレイに載せて再び執務室まで戻った。

(どうしよう、迷惑かな)

扉の前まで来たのはいいものの、急に不安になってきてしまい、取っ手に手をのばしたり、また背を向けてみたりを繰り返していると、矢庭に扉が開いた。

「――入るなら、さっさと入ってこい。待ちくたびれたぞ」

笑いをかみ殺したエセルバートが顔を覗かせて、ミリエルは内心飛び上がった。

「す、すみません。お仕事の邪魔をしてしまって……」

まさかエセルバートに気づかれているとは思わずに、顔から火が出るような気分で、招き入れられた執務室のなかに入る。廊下とは違ってほんのりと暖かく、インクの匂《にお》いが鼻孔《びこう》をかすめる。

「眠れないのか？　昼間も思ったが、顔色が悪いな」

そういいながら先に部屋のなかに戻ったエセルバートは、はやくも椅子《いす》に座って書類の束を手にしていた。

「はい、すこし寝つきが悪くて……。急ぎのお仕事ですか？」

「ああ、ブランデル家の領地の方のな。冬が明けてからの予算が組み上がってきたから、それの決済が送られてきたんだ。――いい香りだな」

ミリエルの持っていたカップから流れる湯気から漂う香茶《こうちゃ》の甘い香りに、エセルバートはほっとしたような表情を浮かべた。

「香茶は苦手ではないですか？　迷惑かとは思ったんですけれども……」

「いや、大丈夫だ。そろそろ終わるところだったから、ちょうどいい」

そこにトレイを置いてすこし待っていろ、といわれてしまったので、お茶を渡したらすぐに退出するつもりでいたミリエルは、ほんとうに邪魔にならないかと心配になりつつも、応接セットの机の上にトレイを置いて、長椅子に腰を下ろした。

しばらく室内に紙を繰る音と、ペンを走らせる音が交互に響く。

エセルバートが領地の自治を代理人にすべて任せずに自分でやっているとは考えてもみなかった。決済といっていたから、それまでのことは代理人でも、最終的な判断はエセルバートがするのだろう。

(なんか、印象が違う。そういえば、お父様が夜会で副隊長は王位継承権を持っている、とかいっていたような)

いつも自分をからかい、飄々《ひょうひょう》としていて、討伐ともなれば真っ先に出て行くような印象だが、こんな風に黙って机に向かっていると、それもまた様になっているから不思議だ。

なんだかあまりじろじろと見てはいけない気もするが、どうしても落ち着かずにそわそわとしてしまう。そんなミリエルをよそに、エセルバートはいくらもたたないうちにペンを置いて体をのばした。

「ひとまず、こんなところか」

書類をまとめて机の端に寄せたエセルバートは肩を回しながら立ち上がると、ミリエルのそばまでやってきて、あたりまえのように隣に腰を下ろした。それに弾《はじ》かれたように立ち上がる。

「お疲れ様です」

椅子に身を沈めながら襟元をくつろげたエセルバートは、そんなミリエルを不満そうに見据えてきた。

「そんなに怯えるな。なにも取って食いはしない」

「いえ、あの……、不敬になりますから。王位継承権を持っていると、父が……」

いたたまれずにとっさに口にした言葉にエセルバートの片眉がわずかに持ち上がった。

「ああ、それか……」

エセルバートはめずらしく困ったように顔をしかめて嘆息した。そうしてしばらく思案していたかと思うと、香茶をひとくち飲み、真剣な面持《おもも》ちでミリエルを見上げてきた。

「結論からいえば、あることはある。だが、公式にはないんだ」

わけがわからなくてせわしなく目をまたたいたミリエルに、エセルバートが座るように促してきたので、ひとり分ほど開けて長椅子の端に座った。

「これは周知の事実なんだが……俺の母は王妹なんだ。前王の側室だった祖母の身分が低いのと、俺の父と結婚をしたことで、王族譜《ふ》から削除されている」

「それだけのことで……」

「いや、ちゃんとした理由がある。父が『暁の魔女』の血族だったから、なおさらだ。魔女の末裔《まつえい》が万が一にでも玉座に座ることがあってはならないんだ」

「どういうことですか？」

かすかに首を傾《かし》げると、エセルバートは指を三本まっすぐに立てた。

「《③『棺の騎士』は『暁の魔女』に必ず従わなければならない》この『棺の騎士』の禁則事項を覚えているか？　もしも魔女が王になれば、『棺の騎士』は王の物にもなる」

王が『棺の騎士』を自由に使えるとなれば、魔獣の討伐ばかりか、王に刃向かう者たちにも向けることができる。最悪の場合は他国への侵略も。

ミリエルはおそまきながら、ようやく事の重大さを認識して小さく頷いた。

「だから王位継承権はあってないようなものなんですね」

「ああ、ただ俺が名誉《めいよ》ある胡蝶の副隊長に就任したことで、これでまだ俺に継承権があると思いこむやつらもいるんだ」

複雑な王家の事情に、ミリエルはやはり自分がここにいるのが場違いな気がしてきた。自分の出生云々《うんぬん》など、ちっぽけなこと。ミリエルは膝《ひざ》の上に乗せた手をぐっと握りしめた。

「副隊長、あの、祖母の遺言の婚約証明書を破棄することはできませんか」

「唐突に、なにをいっているんだ？」

不審そうに覗きこんでくるエセルバートに怯《ひる》みそうになって、しかしミリエルはそれでも顔を上げてまっすぐに見返した。

「デューク王子が副隊長たちを責めるきっかけになっています。わたしが婚約者でいなければ、弱みになることはありません。わたしのせいで副隊長たちが窮地に立たされるのは、申し訳なくて……」

ミリエルの台詞に、みるみるエセルバートの表情が失せていった。そうして、すっと顔をそらされる。それでもかまわずにミリエルは必死で訴えた。

「いくら祖母から頼まれたといっても、足手まといになるのはきっと望んでいなかったと思います。せっかく副隊長がそばにおいてくれるのに、わたしは名ばかりの婚約者で全然役に立てていない」

唇をかみしめて、胸元を握りしめる。

「すこしでも副隊長の肩の荷を減らしたいんです。だから――」

「――やめてくれ」

かたい声にミリエルは肩を揺らして顔を強ばらせた。

「足手まといになりたくないとか、弱みになりたくないとか、肩の荷を減らしたいとか……。俺はそう思ってもらえるような人間じゃない」

エセルバートはかるく視線を落としたまま、どこか苛立ったように片手を前髪に突っ込んだ。そのまま微動だにせず、しばらく黙りこむ。やがて絞り出すような声音でそれを告げた。

「あれは……、偽物なんだ」

「え……？」

顔がひきつるのがわかった。いつもエセルバートが近づくと早鐘を打つ鼓動が、どくり、と嫌な音をたて出す。

「ジェシカ様の婚約証明書は、偽物なんだ」

頭を鈍器で殴られたような気がした。目の前が暗くなることはなかったが、寝不足も手伝ってか、くらりと視界が揺れる。

耳に入る言葉がすんなりと理解できない。したくない。それなのに、話はまだ続く。

「いつだったかいっただろう。魔女の血筋は議会に影響力がある、と。『暁の女神』が使えなくても、所持者というだけで、おまえは俺たちクローディアを王太子に推《お》す一派の役に立つ。だから婚約証明書を偽造した」

ミリエルは震える手でブローチを握りしめた。

驚きすぎたのか、感情が壊れてしまったのか、涙があふれるどころか、にじむことさえもなかった。

(結局、わたしがなにをしようと、中身がなくても、かまわなかった。勝手に期待して、あんな思い上がったことを口にして……。ちょっと考えればわかることじゃない。あんな紙切れ一枚に騙されて、わたしはなんてばかなの)

ふと落とした視線の先に、自分が淹《い》れてきた香茶のカップが映る。すでにそれは湯気をたてることなく、冷え切っているようだった。ミリエルは無言で立ち上がると、トレイを手にした。

「冷めてしまいましたね。淹れなおしてきます。それとも、もういりませんか？」

（わたしもいりませんか？）

エセルバートを見下ろして、疲れたように首を傾げる。

あんなにも力をくれた言葉は、エセルバートの本心ではなかった。優しくしてくれたのも、ただ『次期・暁の魔女』であるミリエルを自分の勢力につなぎ留めておきたかったからなのかもしれない。

「ミリエル、座ってくれ」

エセルバートの苦悩にゆがめられた顔を見据えて、ミリエルは微笑んだ。笑える自分が不思議だった。

「『暁の女神』の宝玉はなくして使えない。祖母の、あなたの恩人のほんとうの孫でもない。出生だってなにか面倒なことになっている。……そんなわたしがいままで放り出されなかったのが不思議なくらいです。それはそうですよね。人形のように中身がからっぽでもかまわない。表向きの肩書だけが必要だったんですから。クローディア様のために」

こんなことはただの恨み言だとはわかっている。これまでなんの疑問も持たずに状況に流されてきた自分が悪い。それでもするすると言葉が出て行ってしまって止まらない。エセルバートが眉根を寄せて静かに首を横に振った。

「そうじゃない」

「……ほんとうのことなんか話してくれなくてもよかったのに。騙したままでよかったのに。なんでいまさらそんなこと。——わたしはもう、必要ありませんか」

「そういうことをいっているんじゃない！」

エセルバートのせっぱ詰ったような怒鳴り声が、静まりかえった深夜の邸内に響き渡る。思ったよりも大きな声だったのか、エセルバートはすぐに我に返ったように、はっと顔を上げた。そうして苦い顔をする。

フィルを叱《しか》るのとはまったく別の剣幕に、ミリエルは驚きのあまりトレイを握りしめて後ずさった。そのまま背を向けて部屋から逃げ出そうとするが、足早にやってきたエセルバートに背後から扉を押さえられてしまった。

「そういうことをいっているんじゃないんだ。頼むから話をきいてくれ」

頭上から降ってくる苦しそうな声に、ミリエルは扉に顔を向けたまま唇をかみしめて立ち尽くした。

その時、扉の向こうからくぐもった声がかかった。

「旦那《だんな》様、お嬢様、なにかございましたでしょうか？」

落ち着いた壮年の男の声は、たしか執事のものだった。屋敷ではめったに声を荒げないエセルバートに不安になったのだろう。

「いや、なんでもない。ただの痴話喧嘩《ちわげんか》だ」

扉ごしにそう返したエセルバートに安心したのか、執事はすぐにその場を立ち去ったようだった。

人の気配が消えても、エセルバートは背後からどくことはせずに、逃がしはしないとばかりに扉に手をついたままミリエルを閉じこめるような格好でいる。

「逃げないで、そのままでいいから聞いてくれ。ジェシカ様におまえを頼まれたのはほんとうだ。だが、婚約者だなどという言葉は、ひとこともいわれなかった。婚約者ということにしておけば身の安全も守れて、俺たちにも有利に運ぶからちょうどいいと、初めは安易に考えていた。だが」

真摯《しんし》な声は嘘《うそ》をついているようには思えなかった。それでも一度頑なになってしまった心が、振り返ることを許してくれない。

「後悔、しているんだ。ほんとうのことを話したのは、おまえがなにも知らないで慕ってくれるのに、俺がたまらなくなっただけだ。悪いのは騙した俺の方だ。だから、人形だなんていって自分自身を卑下《ひげ》しないでくれ」

扉についていた手袋に包まれた手に力がこもる。

いつも自信にあふれた言動をするエセルバートに懇願させてしまっている。そのことに気付いたミリエルは、凍りついてしまった唇を必死で動かした。

「やめてください」

喉《のど》から絞り出した声につられて、今度こそ涙が頬をつたった。

「お願いですから、やめてください。そんなことをいわないで……」

罪悪感に胸が締め付けられる。自分が投げつけてしまった言葉をこんなに憎らしく思ったことはなかった。泣くのは卑怯《ひきょう》だと思ったが、それでも涙が止まってくれない。止めようと思うほどしゃくりあげる声がひどくなってしまう。

「ミリエル……」

エセルバートが口を開きかけた時、屋敷の外から馬蹄《ばてい》の音が近づいてくるのに気付いた。

「──っ、こんな時間にか」

エセルバートが舌打ちをしたかと思うと、閉ざされていたカーテンを開けて窓の外をたしかめた。そうして気まずそうにこちらを振り返ると、執務机の椅子に掛けてあった騎士服の上着を手にした。

「城からの、魔獣が出没したことを知らせる伝令だ。──討伐に出る」

歯切れの悪い声音で低くいいながら上着を纏《まと》うエセルバートに、戸惑って立ち尽くしていたミリエルは慌てて涙を拭《ふ》いてさっと背筋を正した。

「はい！」

緊張に身が震える。残った涙をぬぐって踵《きびす》を返そうとすると、大股《おおまた》で近づいてきたエセルバートに背中をかるく叩かれた。

「焦《あせ》って転ぶなよ」

気遣う言葉に、きまり悪そうにふいと顔をそらして、ミリエルは部屋の外へと飛び出した。


冴《さ》え冴《ざ》えとした青白い月が雲間に隠れてはまた姿を現す。あとすこしで満月になるであろう月の光は思いのほか強く、地上に濃い影を作っていた。

上空では強い風が吹いているようだったが、地上ではただしんと冷えた空気が漂っていた。

身を切るような寒風を頬に受けながら、ミリエルは首都オリエをぐるりと取り囲む外壁沿いに馬を走らせるエセルバートのあとを追って、馬の手綱《たづな》を操っていた。

任官式の日に蹄鉄《ていてつ》が外れ、蹄《ひづめ》が割れてしまった愛馬は、あれから何度か足慣らしをしたが、これが久しぶりの遠出だ。それでもまるで自分の手足のように走ってくれる感覚に安堵する。

「アルヴィンが詰所から起きている『棺の騎士』をつれてくる。合流するまでは離れるなよ」

エセルバートの屋敷を出る際にいわれたことを反芻《はんすう》して、ミリエルはただ大鎌を背負ったエセルバートの背を追いかけた。

これまで魔獣はこんな夜中に出ることはなかった。遅くても夕方の、もう日が暮れる直前だった。

魔獣はなにも昼間にしか出ないのではない。人が活動する昼間に遭遇するから討伐時間がそうなるだけで、夜にも普通に徘徊《はいかい》しているらしい。

ミリエルはそっと外壁の上を見上げた。

魔獣出没の報を入れたのは、その外壁を守る歩哨《ほしょう》だった。外壁の上の通路に突如《とつじょ》として現れ、数人の兵士を屠《ほふ》ったという。

ふいにその外壁の上に、白っぽい物が見えた。月光に反射してなにかがくるくると回っている。

(傘……。あれは、レイ神官？　あんなところにいたら……)

エセルバートからも本人からも兄だと聞かされたが、それでも実感は湧《わ》かない。だが、あそこにいることが危ないということだけはわかる。

注意をしようと口を開きかけた時、ふいにエセルバートが馬を止めた。ミリエルがあわてて上を見るのをやめて前方を見据えるのと、なにか黒い塊《かたまり》が上空から降ってくるのは同時だった。

黒い堅そうな毛並の狼に似た魔獣だ。鋭い牙は口からはみ出すほどに大きく、地を踏みしめるその鉤爪《かぎつめ》はなにかに濡《ぬ》れててらてらと輝いている。

「出たな。『炎の主サラマンダー、そのひとかけらをわが手に』」

エセルバートが大鎌を振るい、呪言を放った途端にそれが炎に包まれる。

低いうなり声を上げてこちらを睨みつけていた魔獣がエセルバート目がけて飛びかかった。

初めの一撃をかわすその行動を見届けるより早く、ミリエルは自分の短剣を抜き放った。

「『水の貴婦人ウンディーネ、そのひとしずくをわが手に』」

片手で構えた刃からまたたく間に水がほとばしる。その端から氷へと変化し、着地する魔獣の足を地に縫いとめた。狂ったようなうなり声を上げて、氷の鎖から逃げ出そうと魔獣が頭を振り乱す。

「上出来だ」

エセルバートの褒《ほ》める声が聞こえたかと思うと、次の瞬間に炎の鎌から放たれた火によって、捕らわれた魔獣が燃え上がった。

断末魔の咆哮《ほうこう》のような、遠吠《とおぼ》えのような声が魔獣の喉から発せられる。

「油断するな。仲間を呼んでいる。まだくるぞ」

エセルバートが大きく鎌を旋回させる。炎の軌跡が闇に映えて『煉獄《れんごく》の処刑人』の名にふさわしい輝きを放っている。

ほっと息をつきかけたミリエルは、その言葉にあわてて唇を引き結んで氷に包まれた短剣を握りしめた。

それほど離れていない場所でいくつも遠吠えに応える声がした。

エセルバートが再び馬の手綱を繰って進みかけるその前方に、何頭もの魔獣が外壁の上から飛び降りてくる。エセルバートが怯みもせずに鎌を振るうのをまた補助しようとしたミリエルだったが、背後に響いた重い音に、とっさに馬首を返した。

「……っ！」

先ほど倒した魔獣よりひとまわり大きな魔獣が、金色に見える双眸《そうぼう》でこちらを睨み据えていた。

あまりにも殺気立った眼光に身がすくんで、たちまち身動きがとれなくなった。ウンディーネの呪言ではなく、別の呪言をとなえようとしても、頭が真っ白でなにも出てこない。

焦りのあまり、呼吸までも荒くなっていく。その時、馬蹄の音が近づいてくるのに気付いた。

「『風の娘シルフ、そのひとふきをわが手に』！」

軽やかな声とともに、目の前の魔獣が吹き飛ばされて外壁にぶつかった。開けた視界にオレンジ色の癖毛《くせげ》の少年の姿が飛びこんでくる。

「美少女の窮地に『棺の騎士』フィル・アストン参上！　ミーちゃん、大丈夫？」

いつものように八重歯を見せてへらりと笑ったフィルが、疾走《しっそう》させていた馬の速度を緩《ゆる》めてミリエルのそばへとやってきた。その手には、風を纏わせた剣が握られていた。

「ありがとうございます、フィルさん」

「礼をいっている場合ではありませんよ、しゃんとなさい」

いくつもの馬蹄の音とともに冴え冴えとした声が響いたかと思うと、『棺の騎士』をひきつれたアルヴィンがフィルの向こうからやってきた。数人の『棺の騎士』がミリエルを追い越してエセルバートの方へと駆けていく。アルヴィンが無表情にフィルに向けて顎をしゃくった。

「フィル、さっさと向こうを手伝ってきなさい」

「了解っす！」

　大音声で返事をしたフィルは、腰にたずさえていたもう一本の剣を手にしたかと思うと、あっという間に混戦するその場所へと走って行った。それを後目にアルヴィンが身軽に馬から飛び降りた。

「あなたはあれを倒しなさい。私が補助します。『大地の守護者ノーム、そのひとにぎりをわが手に』」

　アルヴィンが手にした細身の剣が大地に突き刺さる。その途端に隆起した土が盛り上がり、外壁に打ち付けられてようやく立ち上がったばかりの魔獣を閉じ込めた。

「さあ、どうぞ。頑張ってください」

　怒り狂って土の檻《おり》に突進する魔獣を前にしても、いつもと変わらず冷静な口調で促してくるアルヴィンに、ミリエルは構えていた短剣を握り直した。鐙《あぶみ》にかけた足が震える。喉が急激に乾《かわ》いていった。

（大丈夫、さっきと同じようにすればいいから。ちゃんと自分の足で立たなきゃ）

　エセルバートの炎なのかわからないが、視界の端を鮮やかな赤い光がよぎった。それに勇気づけられて、大きく深呼吸をする。冷たい空気が肺を満たして、感情がぴんと張りつめた。

「『炎の主サラマンダー、そのひとかけらをわが手に』」

氷に覆われていた短剣が炎に包まれ、刃渡りが本来のものよりも長くのびる。寒風ではなく熱風が頬と髪をなぶった。

一度目をきつく閉じて、すぐに見開く。手綱をしならせると愛馬の足が力強く地を蹴《け》った。


「十、十一……わあ、すげえや、十二っす。大漁！」

フィルが倒した魔獣の数に驚愕《きょうがく》した声を上げるのに、エセルバートが大鎌を地面に立てて嘆息した。

「数も多いが、出た場所も時間も変だな」

「これまではこんな都の近くになど出ませんでしたからね」

アルヴィンが眉間の皺を深めて魔獣を眺めている背後で、ミリエルは負傷した『棺の騎士』の応急処置を手伝っていた。

（よかった……）

自分もいくつか小さな傷を負ったが、アルヴィンの助けを何度か借りつつ、なんとか魔獣を倒した。歩哨が何人か怪我を負ったらしいが、被害と呼べるほどのものはなかった。

「とりあえず、一旦《いったん》詰所に引き上げるか。魔獣の死骸《しがい》は夜が明けてから片付ければいいだろう」

エセルバートの声に『棺の騎士』たちが応える。ミリエルも立ち上がって、馬を連れてこようとそちらに足を向けた。

ふいに冷たい空気が、あるかなしかの風に揺れた。細く澄んだ夜風のような声が耳をかすめる。聞き覚えのある声に、外壁の上を見上げたミリエルはレイがそこにいたことを思い出した。

あいかわらず夜で天気も悪くないのにさしている水色の傘が、くるりと円を描く。――と、その姿がまたたく間に消えた。

「え？」

見間違いだったのだろうかとミリエルが目を瞬《しばた》いたその時、背後で声が上がった。

「エセル！　フィル！」

アルヴィンの切迫した声に振り返ったミリエルは、肩を押さえて膝をつくエセルバートの姿を見た。身を翻《ひるがえ》しておもわずそちらに駆け出す。

「副隊長！」

「来るな！」

エセルバートの一喝に足が止まる。彼の背後に、倒したはずの魔獣のうちの一頭が息も絶え絶えに立ち上がっていた。魔獣の足元には背中を踏みつけられたフィルが身動きできずにいる。

「『炎の主サラマンダー、そのひとかけらをわが手に』！」

エセルバートがほとんど怒鳴るように呪言を唱えて、大鎌を魔獣目がけて振り下ろす。そのわずかな隙を縫って、アルヴィンとエドガーがフィルを魔獣の足元から引きずり出した。

魔獣の姿が赤い業火に包まれる。悲鳴も上げずにその場に倒れたのを見るまでもなく、ミリエルはエセルバートの元に駆け寄った。魔獣に襲われた衝撃でどこかに飛ばされてしまったのか、彼の顔に眼鏡がない。

「大丈夫ですか!? 血が……」

切れた騎士服の間から流れる血に蒼白になって、懐《ふところ》から出したハンカチで押さえる。

「ああ、心配するな。大したことはない。それより、フィルだ」

ミリエルの手をやんわりとはずしたエセルバートは、しっかりとした足取りでアルヴィンたちに助け出されたフィルの方へと足を向けた。ミリエルもあわててそのあとを追う。

フィルはエセルバートのように立ち上がることもできずに、アルヴィンに抱えられていた。

エセルバートとミリエルを見上げたアルヴィンが眉間の皺をきつくして首を横に振る。

「背骨をやられています」

「そうみたいっすよ、兄貴。ちっとも足が動かないんですよね。すいません、ちょっと油断してました」

へらりと笑ったフィルの口調も声も普段と同じようにしっかりとしていたが、その体は左腕以外ぴくりとも動かなかった。

　エセルバートが顔をしかめて、すぐそばに膝をつく。

「駄目か」

「駄目すね。ざんねん」

　いつもの冗談まじりの声が、平坦《へいたん》に沈む。まわりを取り囲む他の『棺の騎士』たちも、水を打ったかのようにしんと静まりかえった。凍えるような空気のなか、自分とエセルバートの息だけが白く染まる。

(駄目って……)

　嫌な予感が頭を占める。ミリエルはフィルのあっけらかんとした表情を呆然と見下ろした。

　ふと、その猫のように吊り上がった目と合う。

「そういうわけだから、ミーちゃん、送ってくれる?」

「……え」

　皆の視線がいっきに集まる。ミリエルは両手を口元で押さえて、後ずさった。

「女の子の手で眠れるなんて、最高じゃん」

　おどけたような言葉に、ミリエルは首を横に振ってなおも後ずさろうとしてエセルバートに腕をつかまれた。

「ミリエル、頼む」

「いや……嫌です！」

ミリエルはエセルバートの手を振り払おうと、体をよじった。それでも腕をつかむ手はびくともしない。

胡蝶でやっていく決意をした。でも、この眠らせる覚悟はできていなかった。

眠らせることはそのまま永久の眠りにつかせることなのだと、一度命を失った彼らに再び死を与えることなのだと、頭ではわかっていても、感情が理解していなかった。

「だって、まだしっかりと喋《しゃべ》っているじゃないですか。時間を置けばまた動けるようになります。ちょっといまは麻痺《まひ》しているだけで――」

「『棺の騎士』は死者だ。怪我が治ることは絶対にない。動けなくなったら、それで終わりなんだ」

エセルバートの静かだがいい聞かせる言葉に、にじんでいた涙があふれ出す。

「動けないまま、痛みを感じないまま、ただそこに亡霊のように存在している。それでも感情はそのままだ。死んでいるから、終わりがくることもない。眠りにつくのを拒否した『棺の騎士』が狂っていくのを何人も見てきた。おまえはフィルをそんな風にしたいのか」

涙に濡れた目で、エセルバートの顔を見上げる。その表情は、こちらが怯んでしまうほど強ばり、青ざめている。

（副隊長だって、つらいのはわかってる。でも……）

エセルバートの説得に、ミリエルはそれでも首を縦に振れなかった。フィルを狂わせたくない。だが、眠らせなければならないのが自分だと思うと、気が遠くなる。

「――ミーちゃん」

フィルの呼ぶ声に、ミリエルは涙をぬぐいもせずにそちらを見た。

「これあげるからさ、頼むよ」

フィルがまだ動く左手で差し出してきたのは、いつだったかエセルバートがフィルに預けた予備の眼鏡の箱だった。

「兄貴からオレが預かった時にうらやましそうに見てたじゃん。今度はミーちゃんが預かっておいてあげてくれる？　だから、友達の願いを聞いてほしいな」

視界がゆがむ。

（フィルさんがいなければ、きっとここまで胡蝶になじめなかった……）

その彼の、最期の願いだ。

エセルバートがそっと手を放してくれた。水に溺《おぼ》れてでもいるような感覚のなか、ミリエルはフィルに近寄って箱を受け取った。フィルがいつものように快活に笑う。

「あとさ、ちゃんと兄貴を見ていてあげて。最初にミーちゃんと会った時もそうだったけど、このひとひとりで突っ走っていく癖があるから」

「フィル、おまえはいつもひとこと多い」

「だって、ほんとうのことじゃないっすか」

エセルバートに睨まれても、フィルはさらりとかわしてミリエルに手を出してきた。

「じゃ、お願いしようかな」

眼鏡の箱を握りしめたミリエルは、フィルの手を見つめてゆっくりとエセルバートを見た。

「こんな場所でいいんですか？」

「どこでもかまわない。本人の意思にまかせる」

感情を無理に抑えつけるかのようにエセルバートが目を伏せる。フィルがひらひらと左手を振った。

「辛気臭《しんきくさ》いのはオレには似合わないからさ。さっさと逝《い》くよ。もう充分。それに成功すればミーちゃん……ミリエルの初めての男だし？　役得」

「まったくあなたは最期まで……。ばかは死んでも治りませんね」

「あいてっ、ひでえっすよ、アルヴィン隊長」

フィルを抱えていたアルヴィンが心底あきれかえったような盛大なため息をついて、フィルの額を叩きその体を地面に横たえた。

ミリエルは箱を懐にしまうと、地面に膝をつき、震える手でフィルの手を握りしめた。やはり氷のように冷たく、どこにも脈動を感じられない。もう彼の肉体は何年も前に活動を停止しているのだと、いまさらながら思い知らされる。

「あ、そうだ。ミーちゃん、ちょっと耳を貸してくれる？」

横たわったフィルがふいに思い出したように声を上げたので、ミリエルは身をかがめた。

「あのさ、前にもいったけど、ちゃんと自分の気持ちをいわなくちゃ駄目だよ。自分なんか、とか否定して逃げたら駄目。後悔したり喜んだりできるのは、生きているうちだけなんだから」

必死でこらえた涙が再びあふれ出して、フィルの頬に落ちた。崩れ落ちそうになるその両肩をエセルバートが支えてくれた。それにすがるように身を起こす。

「すみません。大丈夫、です」

「眠りの詩は大丈夫だな？」

「はい、ちゃんと覚えています」

フィルとつないでいない方の手で涙をぬぐう。目を閉じたフィルを見下ろして、ミリエルは両手でその手を包みこんだ。

――暁の魔女から借り受けし、ティル・ナ・ノグの騎士をお還《かえ》しせん
騎士たる務め果たし者、【シルフのごとき勇気ある者】
常若の王よ彼の者をその偉大なる懐に迎え入れよ

詩を最後までいい切らないうちに、フィルとつないだ手が光り出す。光がゆっくりと彼の全

身を包みこんだその端……つま先の方から、さらさらと風にさらわれる砂のように淡い光の蝶《ちょう》となって、フィルの体が消え出した。

胸のあたりまで消えかかった時、目を閉じていたフィルがぱっと目を開けて、八重歯を見せて笑った。

「じゃあ、お先に。楽しかったよ」

ふっと握っていたフィルの手の感覚がなくなる。音がしそうなほどの大量の蝶となって、フィルであったものがまたたく間に夜空へと昇っていった。

それにつられるように立ち上がったミリエルは、無意識のうちにそばに立って同じように空を見上げるエセルバートの服を強くつかんだ。

月光にも負けずに輝く光の帯が見えなくなるまで、だれひとりとして身動きすることはなかった。

＊＊＊

暖かい春の陽差しが降り注ぐノイエの屋敷が見える。その庭の片隅にある東屋では両親と亡

くなった祖母が微笑んでお茶の時間を楽しんでいた。

これは昔の夢だ。

目の前に広がる光景に、ミリエルは自分にそう強くいい聞かせた。

その証拠に、自分と一緒になって楽しそうにはしゃいで走り回る、ひとつ年下の弟ライオネルの姿がある。自分もまた幼いのだろう、見える範囲の視線が低く、手も足もまだのびていない。

このあとに起こる惨劇を知っている。この先を見たくないのに、それでもまるで自分の手足でないように勝手に体が動いて、過去の行動をなぞっていく。

ライオネルとなにか取り合いを始めた。遠くで祖母が姉弟の喧嘩《けんか》をいさめている。

陽の光に、幼いミリエルが手にしていたものが白銀に反射する。

(『暁の女神』!?)

ライオネルがミリエルから魔具を奪い取って掲げる。その途端になにかが『暁の女神』からこぼれ落ちて、それをライオネルが拾い上げた。

「返して、それはわたしがおばあちゃんに貰ったものよ!」

幼いミリエルがそう叫んでライオネルの腕をつかんだ瞬間、弟は崩れ落ちるようにその場に倒れ伏した。大人たちが駆け寄ってくる。両親がミリエルを突き飛ばす勢いでライオネルのそばに膝をついた。

「わたしじゃない。わたしのせいじゃない。ライオネルが……。ごめんなさい! お父様、お母様――っ」

「――ミリエル！」

深みのある、耳に心地のいい声で名を呼ばれて、ミリエルははっと目を開けた。

目の前に自分の顔を心配そうに覗きこむエセルバートの顔があった。いつかも、こんなことがあった気がする。

「副隊長……」

「うなされていたぞ。怖い夢でもみたか」

エセルバートの火傷《やけど》の痕《あと》がある大きな手で髪を撫でられる。ミリエルは恐怖に荒くなった息を整えようと数度呼吸を繰り返した。

「わたし……どうしたんですか」

状況がよくわからない。寝ていたのはわかる。だがどうしてエセルバートも一緒の寝台で寝ているのだろう。しかも自分もエセルバートも騎士服の上着は脱いでいたが、シャツはそのままだ。周囲を見回してみれば、エセルバートの屋敷に与えられた自分の部屋だった。

「フィルを送ったあと、倒れたのを覚えているか？　俺の屋敷に運んだんだが、俺の髪を握ったまま放さなかったんだ」

微苦笑をするエセルバートに、そこで初めてミリエルはエセルバートの赤銅色の髪を握りしめていたことに気付いた。ぼんやりとそれを見て、ゆっくりと手を放す。感情が疲弊《ひへい》しきっていて、なにかしらの反応をすることがおっくうだった。

「あまりにも顔色が悪いから、フィルと一緒にお前まで常若の王に連れて行かれるかと思ったぞ」

「常若の、王……」

呟いて、ようやくフィルはもういないのだと思い出し、たちまちうるんだ目の端から涙があふれ出した。エセルバートが労《いたわ》るようにその涙をぬぐってくれる。

「『棺の騎士』はなんのためにいるんですか？」

ぽつりとこぼれた疑問。きつく目を閉じると、フィルの最期の笑みが脳裏に浮かんで消えた。

「なんの見返りもないのに、胡蝶が存在する価値なんかあるんですか？」

『棺の騎士』は無理に蘇らされて、体が動かなくなるまで任務につかされる。自分自身に返ってくるものなど、なにひとつだってない。家族にだって、親しい友人にだって、二度と会えないのに。

エセルバートが無言で起き上がった。その気配に気づいて、ぼんやりと目を開ける。室内は薄暗く、まだ朝日は顔を出していない。なんて長い夜なのだろうとミリエルが働かない頭で考えていると、寝台に腰かけたエセルバートがこちらに背を向けてようやく口を開いた。討伐の時にはひとつに結んでいた紐《ひも》が解けて、赤銅色の髪が背に広がっている。

「価値、か。それはどれに対しての価値だ。国に対してか？　それとも個人か？　そんなものはそれぞれだろう。見方によって、いくらでも変わる。それはフィルになんの価値もなかったといっているのと同じだ」

広い背中を横たわったまま見上げていたミリエルは、弾かれたように起き上がった。

「違う！　そんなことをいっているんじゃ……。違います！　ただわたしは、副隊長や『棺の騎士』だけが苦しまなければならないのが、嫌なだけで……っ」

俯《うつむ》いて、首を激しく横に振る。白金色の髪が闇のなかに揺れて、視界を狭めた。唐突にエセルバートが両手を大きく上に突き上げて伸びをした。そのまま寝台にあおむけに倒れてくる。

「ああ、くそっ。――悪いな、わかっているんだ。いまのは八つ当たりだ」

エセルバートの眼鏡に隠された双眸が天井を見上げた。

「ただ、フィルはおまえにそんなことをいってほしくはないだろうよ。あいつの死因を知っていたか？」

寝台に座りこんだミリエルは静かに首を横に振った。そんな話など、あの能天気とでもいえるほど元気なフィルの口からは聞いたことがなかった。

「魔獣に村が襲われたんだよ。その時に一緒に恋人を亡くしてな。せっかくこれからだったのにふざけんな、とか怒り狂って、『棺の騎士』になったんだ。国のためだとか、魔獣の被害を少なくしたいだとか、そんな立派な理由なんかこれっぽっちもなかった」

「なんか……」

「フィルらしいだろう。ほかの『棺の騎士』だって、似たり寄ったりだ。だれひとりとして強制的に蘇ったりはしていないし、最期を決めるのだって本人の意思だ。まだ動けるが、もう充分だと眠りにつきたいといい出す者だっている。不思議で都合がよすぎることに『棺の騎士』は大抵がそんな考えのできるやつらがなれるんだよ。価値とか見返りがないとか、そんなことは関係ないじゃなくて、知らないってやつらが」

エセルバートは眼鏡を外して目頭を強く押さえた。こめかみの火傷の痕が、醜くゆがんでいつもながら痛々しい。

「だからこそ、なおさらいつか解散できないものかと思う。初めにおまえがいっていたように、ほんとうだったら許されることじゃない。それでも、まだいまは駄目なんだ」

あまりにも悔しげな声に、ミリエルはなぜ駄目なのか聞くことができなかった。聞けば答えてくれたかもしれない。それでも、無理に聞き出そうとするのは嫌だった。

ミリエルの沈黙に、エセルバートは目頭から手をはずして眼鏡をかけなおすと、わずかにためらい、しかし片手で頬に触れてきた。輪郭《りんかく》をなぞるように撫でて、懐かしそうに目を細めた。

「そういえば、おまえが胡蝶に配属された時に、『棺の騎士』のなかで一番喜んでいたのはフィルだったな。死んだ恋人にすこし似ていたんだそうだ。あまり笑わないから心配だとかいって……。だから一番つきまとっていただろう」

苦笑するエセルバートにつられて、ミリエルは泣きそうになりながらもなんとか笑った。泣いたらフィルがあの大声で「女の子を泣かせるなんて、オレって罪な男！」とかなんとかいいそうな気がする。

「フィルさんが、わたしの声が懐かしいっていっていました。眠り詩の練習をしていたら、聞き惚《ほ》れる、って……」

「あいつ、俺の目を盗んでそんなことをいっていたのか」

エセルバートの目が剣呑《けんのん》そうに細められたかと思うと、なにかに気付いたように険が消える。

「ったくな……、静かになるな」

エセルバートが無表情に低く呟く。

ミリエルはもう二度と騒がしくも楽しそうなあの日常茶飯事《さはんじ》のかけあいを見ることはできないのだと気付いて、鉛を飲んだかのように胸が重くなった。

（このひとは、いつも置いていかれるんだ）

抑えたはずの涙が、再び戻ってきて頬をこぼれ落ちていく。エセルバートが泣かない分、よけいにこちらの方が悲しくなる。

きっとこんなことは一度や二度ではない。この『棺の騎士』のなかにあって、生者としているのは、いつも見送る側にいるということだ。アルヴィンだって、生者ではない。

ふいにエセルバートが上半身を起こして、ミリエルの顔を覗きこむようにしてこぼれ落ちる涙を火傷の目立つ指先でぬぐった。

「──ミリエル、だからおまえまで俺の前からいなくならないでくれ」

眼鏡の硝子《ガラス》ごしの綺麗な濃紫の双眸がいつもとは違い、見上げてくる。

「俺のしたことはわかっている。身勝手なことをいっているのも。だが、このまま、おまえを傷つけたまま放り出すような真似はしたくないんだ」

頬に触れる手はこぼれ落ちる涙よりも温かくて、よけいに胸が痛んだ。

──ちゃんと自分の気持ちをいわなくちゃ駄目だよ。自分なんか、とか否定して逃げたら駄目。後悔したり喜んだりできるのは、生きているうちだけなんだから。

フィルの言葉が脳裏に浮かぶ。

(副隊長だって、逃げないでほんとうのことを話してくれたのに。騙されたままでよかった、なんていったらいけなかった)

ミリエルを騙してまで引き込んだのは、なにもエセルバートの利益のためじゃない。クローディアの、ひいては国のためだ。クローディアに王太子になってもらわなければ、この国は隣国の影に脅《おびや》かされる。

(それならわたしは、どうしたいの?)

必要があるとかないとかを抜きにして、自分はどうしたいのだろう。

頰に添えられたエセルバートの手に自分の手を重ねる。ミリエルは見上げてくる彼の目をまっすぐに見つめ返した。

「わたし……胡蝶からいなくなんかなりません。でも、副隊長には祖母の遺言やわたしのへ罪悪感なんかでそばに置くことはしてほしくありません」

エセルバートはかるく目を見開いて、すぐに口元に笑みを浮かべた。

「わかっている。そんな感情でここにいてほしいとはいわない」

「それは……騙されたことは、すぐには許せないかもしれません」

「ああ、おまえがいてくれるならそれでもいい。もうこれ以上は絶対におまえを傷つけはしない」

誓うように真摯な響きの言葉を口にするエセルバートの手を、ミリエルはそっと頰から引き離した。そうして強ばった笑みを浮かべる。

「でも、わたしを騙したのは、副隊長が国の行く末を心配してしたことだというのはわかりました。ですから、もうわたしを気にかけなくても大丈夫です」

「――は? 気にかけなくても大丈夫?」

エセルバートがわずかに眉をひそめ、あわてたように起き上がった。

「わたしだって国が荒れるのは嫌です。それに必ず『暁の魔女』にもなるつもりですし、クローディア様が王太子の位に就かれるのを推奨《すいしょう》します。だから、婚約者なんかにしてまでわたしを取りこむ必要はありません。安心してください」

「安心って……。ちょっと待ってくれ。俺はお前自身が――」

両肩をつかんできたエセルバートからミリエルは目を伏せて顔をそらした。

「だからそういうことはもういわなくてもいいです。それはクローディア様にいってあげてください」

「どうしてそこでクローディアが出てくるんだ」

「副隊長はクローディア様と、その、恋人どうしなんですよね」

「冗談でもやめろ。鳥肌が立つ。あいつは――いや、なんでもない」

本気で嫌悪したように顔を青くして口をつぐんだエセルバートに、ミリエルは首を傾げた。あれだけクローディアのために行動しているようなのに、どういうわけなのだろう。

「喧嘩でもしましたか？　もしもわたしのせいならば嘘の婚約ですし、はやく仲直りを……」

エセルバートは顔をしかめて前髪に片手を突っ込んでかるく俯いてしまった。

「どうしてそうなるんだ。自業自得なのはわかっているが……。まさかわざといっているんじゃないだろうな。いや、こいつにそんな真似……」

しばらくの間ぶつぶつと小さく呟いていたエセルバートだったが、やがて盛大にため息をついたかと思うと、眼鏡をはずしてを寝台の脇《わき》の棚の上に置いた。

「――たとえ嘘だったとしても、婚約解消はしない。ばかなことをいっていないで、寝るぞ。朝まではまだ時間があるから、すこしでも体力を取り戻さないとな」

そういいながらミリエルの座っている寝台に潜《もぐ》り込もうとするのに、仰天した。あわててその広い肩をつっぱねる。

「ちょっ、ちょっと待ってください。どうしてわたしの部屋で寝るんですか！」

「ここの方が温まっているからな。だれかさんが髪を放してくれなかったせいで、俺の寝床は氷のようだ。それに、いまはおまえのそばにいたい」

ぐっと言葉に詰まってエセルバートを寝台から追い出す力が弱まると、彼は遠慮なくミリエルの腕を引っ張った。あっという間に抱えるように自分の腕の中に閉じこめて横になってしまう。

「ほら、温かいだろう。それとも嫌か？」

背中の方からエセルバートのからかった様子などない、柔らかな声が聞こえる。耳に触れた吐息にどきりと心臓が跳ね上がった。

温かいことは温かいが、こんなに密着したまま眠れるはずがない。意思とは別に速くなる鼓動を抑えて、身を固くする。

「こんなことも、しないでください」

嫌ではないから、勘違いしそうになってしまう。それでまた傷つくのではないかと思うと、怖い。

ミリエルがそう訴えて小さく身じろぐと、エセルバートはさらに力をこめた。

「今日だけだ。また悪夢をみるかもしれないだろう。そうしたら起こしてやれる」

悪夢、と聞いてミリエルはふと思い出した。

ついさっきみていた過去の夢。きっとフィルを眠らせたことによって、蓋をしていた記憶が蘇ったのだ。

（あの時取り合っていたのは『暁の女神』だった。そういえばライオネルがなにか拾って……）

思い至った考えに、どくり、と心臓が大きく波打った。エセルバートに触れられたりからかわれた時に感じる恥《は》じらいからのものではない。

ミリエルはエセルバートの腕を勢いよくはねのけて起き上がった。唐突のことに、腕は簡単に外れてくれた。振り返って、唖然《あぜん》としたように自分を見上げてくるエセルバートをまっすぐに見返す。

「副隊長、わかりました！」

「なにがだ」

「『暁の女神』のなくしてしまった石の場所です。たぶん、ライオネルの手のなかです。思い出しました」

拳を握って可能性を力説すると、不審そうに眇《すが》められていたエセルバートの目がかるく見開かれた。

「そう、か。……もしかしたら、その石の作用がおかしな風に働いて、おまえが触っただけで眠ったのか」

横になったまま頬杖《ほおづえ》をついたエセルバートだったが、それでもすぐに眉間に皺を寄せた。そうしているとどことなく彼の従兄《いとこ》であるアルヴィンに似ている。

「いや、待てよ。だったらどうしてその前から『暁の女神』が使えなかったんだ。ジェシカ様から受け継いだ時の神殿の査定はその何年か前だろう」

「え？　……あ」

指摘されたことに、意気込んでいた心が急激になえる。

そうだ、エセルバートのいうとおりに、ライオネルを眠らせてしまう前から『暁の女神』を使うことができなかった。

(やっぱり、まだ足りない)

堅くなった拳を、力なく下ろす。

記憶がまだ足りない。まだ思い出せることがないだろうか。勢いよくいった分、なんだか恥ずかしくなってしまう。

苦笑するエセルバートに落胆した顔を見られたくなくて、肩を落として寝台に潜りこむ。エセルバートとすこし距離を開けて、頭まで毛布を被った。

「それだけ思い出せただけでもいいじゃないか。焦っても仕方がない」

エセルバートが慰めるように毛布の上から頭を撫でてくれるのに、ミリエルはいたたまれなくてさらに身を縮ませてため息をついた。目を閉じかけてまたあることを思い出して毛布から顔を出す。

「そういえば、さっきの討伐の時に外壁の上にレイ神官がいました」

「レイが？」

「はい。でも、逃げるように注意をしようと思ったんですけど……消えたんです」

エセルバートが頭を撫でてくれるのに、疲れと安堵で急激に眠気が襲ってきた。

「夜会でも、そうで。でも、わたしの見間違い、かも……」

睡魔に勝てずに眠りに落ちたミリエルは、エセルバートが眉間に皺を寄せて考えこみ始めたことなど、知る由もなかった。


傍らで眠ってしまったミリエルを撫でるのをやめたエセルバートは、そっと起き上がって片膝を立てた。頬杖をつきながら、いまだに闇に包まれる窓の外に目をやる。

（レイ、か……）

忌々《いまいま》しげに唇をかみしめる。

魔獣が突然発生したという遺跡で神官を見た証言がある。おそらくミリエルが見たのもレイで間違っていない。遺跡周辺に魔獣を発生させた理由はまだわからないが、今日のはたしかに自分、もしくはミリエルを狙《ねら》っていた。

フィルはそれに巻きこまれたのだ。

「俺の周囲の人間は、ことごとく魔獣に持っていかれるな」

両親も、アルヴィンも、そしてフィルも。自分はそういうめぐり合わせをずっと進んでいくのかと思うと、怒りや憎しみ、悲しさよりも、虚《むな》しさが勝った。

ふいに穏やかな寝息をたてて眠るミリエルを見下ろす。やはりなにか嫌な夢でもみているのか、寝苦しそうに顔をしかめている。

先ほどと同じように柔らかな白金色の髪を撫でてやると、すぐに寝息と同じ穏やかな表情を浮かべた。それに自然と笑みを誘われる。

「簡単には許してもらえないのはわかっているさ」

指先をさらさらと逃れていくミリエルの髪をもてあそびながら、ぼやくように呟く。

そばからは離れないけれども、自分の言葉は信じてもらえない。まるで拷問《ごうもん》だ。

だが、それだけのことをしたのだ。

それに、いくら寝不足で、討伐後の上にフィルを眠らせることなど色々なことがあったとはいえ、自分がそばにいるのになんの危機感もなく寝るとは、ひとりの男として意識していないのだろうか。もしかしたら、父か兄ぐらいに思っているのかもしれない。

(いや、いまは安眠用の枕《まくら》か?)

苦笑しながらミリエルの隣に横たわる。そうして細い体を引き寄せて腕のなかに閉じこめても、彼女は目を覚ますことはなかった。むしろ、安心しきったように身をすりよせてくる。

白金色の髪から甘い香りがして、とてつもなく愛しくなると同時に、もしもこの手を放したら同じことを別の男にするのかと思うと、身の内を焼くような、焦燥感《しょうそうかん》にも似た怒りがじりじりとこみ上げた。

(そんな資格はないんだがな)

泣かせてばかりいる自分がそんな風に嫉妬《しっと》にも似た思いを抱くのは間違っている。

初めからすべて話しておけば、無駄に悲しませることもなかったのだろう。後悔してももし足りない。

「もう二度と裏切るようなことはしない」

腕のなかのぬくもりを逃さぬようにしっかりと抱き寄せて、エセルバートはそっとその額に唇を落とした。

## 第五章　幻想のティル・ナ・ノグ

崩れかけた白っぽい城壁の上にたたずみ、彼は小さく咳《せき》をした。

頬《ほお》をなぜる風は乾き、だれもいない遺跡の間を駆け巡る。眼下に広がるのはつい半年とすこし前に見つかったばかりの古代王国の一部。

「失われし古代王国ティル・ナ・ノグ。緑あふれ花咲き乱れる、常春の都。いまは見る影もなく、朽《く》ちてゆくばかりか、——時の向こうに消えたか」

歌うように呟《つぶや》いて、手にした水色の傘をくるりと回す。肩口の辺りで束ねた緩《ゆる》く波打つ真っ白い髪がその拍子にふわりと揺れた。

日を追うごとに強くなる陽差しは、もうあとすこしで冬から春のものへと変わるだろう。忌々《いまいま》しい光の季節へと。

「やっぱり僕は嫌いだな。ぎらぎら光ってうっとうしい。ずっと沈んでいればいいのに」

太陽は、鮮やかな赤銅色の髪をなびかせ、炎の鎌を操る男を彷彿《ほうふつ》とさせる。

「さあ、あともうすこし。エセルバート、君の大事なお姫様、僕に返してもらうから」

彫像のごとき整った唇を弓月の形に変えて、白髪の神官はもう一度傘をくるりと回した。

＊＊＊

「ミリエル、何日か前にいっていた、おまえの両親との面会の約束を取り付けたぞ」

エセルバートがなにやら紙を翻《ひるがえ》しながら詰所に入ってきた時、ミリエルはちょうど『暁の女神』を磨いているところだった。

驚きに肩を揺らして、エセルバートを振り返る。

フィルが眠った討伐《とうばつ》から数日。詰所内にフィルの元気な声が響かないのが、無性に寂しくなるのをまぎらせたくて、ミリエルは暇ができないようになにかしら仕事を見つけては励んでいた。

エセルバートも同じだったのか、詰所にいる時よりも修練場にいる方が多かった。今日は出仕してすぐに姿が見えなくなったと思っていたら、ノイエの両親との面会日の調整をしていたとは。

「ありがとうございます。いつですか？」

『暁の女神』をしまい、座っていた窓辺から立ち上がって緊張した面持《おもも》ちでエセルバートに歩み寄る。

「今日の午後だ。おまえと話した翌日には打診の手紙を出したんだが、返事がなかなかこないから催促《さいそく》をすれば、その日のうちに返ってきたぞ」

返答の手紙をひらひらとさせて、苦笑するエセルバートにミリエルは眉《まゆ》を下げた。きっとなにか脅《おど》すようなことを書いて催促したに違いない。質《たち》が悪すぎて、両親に申し訳ない。

エセルバートから手紙を受け取り、ざっと目を通したミリエルは丁寧にそれをたたんで懐《ふところ》にしまった。

「大丈夫だな？」

「はい、大丈夫です。ちゃんとなにか手掛かりになるようなことを聞いてきます。それでできれば弟を起こすのも試してみます。せっかく副隊長に起こすための呪言も教えてもらいましたから」

上着の上から手紙を押さえ、決然とした思いで力強い笑みを向けてくれるエセルバートを見上げる。顔は強ばっていたが、体が震えることはなかった。エセルバートがここまでしてくれたのだ。あとは自分自身で頑張らなければならない。

決意を固めた表情のミリエルの頬を、エセルバートがたしかめるように撫《な》でた。

「よし、頑張れ。……そうだな、起こせたら褒美《ほうび》をやろうか」

身をかがめたエセルバートに耳元で囁《ささや》かれ、ミリエルは耳を押さえて数歩後ずさった。艶《つや》っぽい笑みを浮かべたエセルバートが目に飛びこんできて真っ赤になったままの顔を伏せる。そうして襟元《えりもと》にとめたブローチに手をやった。

「い、いりません。前に貰ったこのブローチだけで充分です」

「それは〝目印〟だといっただろう。物じゃなくてもいいぞ。たまにはかわいい我がままくらいいってほしい」

ミリエルが後ずさった分、距離を縮めたエセルバートに手をとられそうになって、あわててさらに後ろに下がる。

「それじゃ、あの……あんまり触らないでください。もう怖いことはありませんけど……。みなさんに見られて、恥《は》ずかしいんです」

「屋敷ならいいのか？　抱きしめても」

「そんなことをしたら、出て行きます！」

結局あのまま、ミリエルはエセルバートの屋敷に居候《いそうろう》をしている。世間的にも神殿の管理上もまだ婚約者のままだ。なんとなくいたたまれなくて、気まずい。

「わかった、わかった。すこしはそうできるように努力する」

不満そうに眉を寄せたエセルバートを見上げて、ミリエルは眉を下げた。

「努力しなければできないんですか？　わたしで暖をとろうとしないでほしいんですけれども……」

ぼやくように呟くと、なぜかエセルバートが半眼になった。

「おまえな……」

エセルバートがいいかけたその先は、勢いよく開かれた隊長の執務室の扉によって遮られた。

「魔獣出没の報が入りました。討伐の準備を！」

騎士服の上着を整えながら出てきたアルヴィンに、エセルバートは舌打ちをして眼鏡を指で押し上げると、そちらに振り返った。

「どこに出た」

「外壁の南門に続く主街道の真ん中です。この前といい、出る場所に一貫性がなくなってきましたね」

アルヴィンの号令にそれぞれにすごしていた『棺の騎士』たちが慌ただしく準備を始める。

ミリエルも身の回りを整えようと踵《きびす》を返したが、その肩を後ろからエセルバートにつかまれて振り返る。

「おまえは出なくていい。午後までに戻ってこられるかわからないからな。これで約束を反故《ほご》にしたら、もう俺の名でも門を開かないだろう」

エセルバートの真剣な顔に、ミリエルは一瞬ためらったが、すぐに頷《うなず》いた。

「わかりました。――お気を付けて。わたしもいい報告ができるように頑張ります」

肩に置かれていたエセルバートの手にわずかに力がこめられて、後ろによろめく。頭がエセルバートの胸のあたりに触れた。さっき努力する、といったばかりなのに、とすこしだけ納得がいかなかったが、口をつぐんだ。

「ああ、期待しているからな」

たしかな鼓動を聞きながら、ミリエルはかるく目を閉じてしっかりと頷いた。

＊＊＊

ミリエルは錬鉄の門の向こうに見える、人気のない庭を緊張した面持ちで眺めた。

士官学校へ入って以来、一度も足を向けたことがないノイエの屋敷は、祖母が生きていた頃と変わらずに質素でも、かといって華美でもなく、まるで時を止めてしまっているかのようにそこに静かに佇《たたず》んでいた。

ただ、季節がらのせいなのかそれとも手入れを怠《おこた》っているのか、エセルバートの屋敷の庭よりもなぜか精彩を欠いているような気がする。

「お帰りなさいませ、ミリエルお嬢様。旦那《だんな》様がお待ちです」

出迎えてくれた祖母の生きていた頃から仕えている年老いた執事が、泣きそうな表情で笑うのを懐かしく思いながら、彼の案内で応接室までやってくると、なかで待ち構えていた父が椅《い》子《す》から立ち上がりもせずに、ミリエルを睨《にら》みつけてきた。

「いらっしゃいませ、ブランデル卿《きょう》の使者どの。ご用向きはなんでしょうか」

前置きも、座れともなにもなく、他人行儀な言葉ですぐに用件に入った父を、ミリエルは不思議と落ち着いた気分で見つめた。

委縮して足が震える、そんなことはもうなかった。

「わたしが『暁の女神』を継承した頃に、なにかなかったか話を聞きにきました」

「知らん。『暁の魔女』の査定が行われていた神殿には私は入れなかった。知るわけがないだろう。話はそれだけか？　だったらもう終わりだ。帰れ」

簡潔に答えた父は、そういって追い払うように手を振った。それでもミリエルはその場を立ち去ろうとせずに食い下がった。

「査定そのものじゃなくても、その近辺でなにか知りませんか？　祖母からなにか……」

「黙れ！」

父の一喝が鼓膜を震わせる。ミリエルは肩をすくみあがらせたが、後ずさりかけたその足を必死でその場に踏みとどまらせた。

「母が魔女の関係で私に相談をしたことなどはいっさいなかった！　どこからか連れてきたまだ言葉も喋《しゃべ》れない幼子のおまえを、『次期・暁の魔女』だから面倒を見てくれないか、と頼んできたぐらいだ。それ以外はなにもない」

椅子の肘置《ひじお》きに置かれた父の手が怒りのあまり細かく震えるのを、ミリエルは息を詰めて見ていた。

自分がライオネルを眠らせてしまうまで、あの大きな手で頭を撫でてかわいがってくれていたのを覚えている。母も同様に弟と分け隔てなく抱きしめてくれた。

いま思えば、弟ほどではなかったかもしれないが、たしかに自分は愛されていたのだろう。失っても必死で取り戻そうとするくらいに。

ミリエルは唇を引き結んで、泣きたくなるのをなんとか押し殺した。

しばらくの沈黙の後、ミリエルは大きく息を吸って深く頭を下げた。

「ありがとう、ございました。話を聞いてくれただけでも、充分です」

ミリエルなど視界に入れたくはない、とばかりに顔をそむける父からはなにも返ってこなかった。ミリエルはそのまま応接室を出ようとして、室内を振り返った。

「ライオネルを見舞ってもいいですか」

「あれの母が部屋に入れてくれるのならな」

抑揚《よくよう》のない声が返ってきたが、ミリエルはまた小さく会釈をして部屋を出た。

扉の外で控えていた老執事が、話が聞こえていたのか先に立ってライオネルの部屋に案内してくれた。案内された場所は、生前の祖母が使っていた、二階にあるこの屋敷で一番日当たりのいい部屋だった。

「なにをしにきたの。二度と私たちの前に現れないようにといったはずよ」

細く扉を開けて、こちらを憎しみのこもった目で睨んでくる母を、ミリエルは怯みかける心を叱咤《しった》して見据えた。扉と取っ手に手をかけると、母は自分を恐れるように顔を強ばらせた。

「お母様、ライオネルを起こせるかもしれないの。だから部屋に入れて」

「そんなのは信じられないわ。何人もの医師にも、ドルイドにも診《み》せたのよ。それで起きなかったのに、眠らせてしまったあなたにできるわけがないでしょう。それとも、今度こそほんとうにライオネルを殺しにきたの」

「違う！」

力の限り叫ぶと、母はたじろいだようだったが、それでもそれ以上扉を開けようとはしなかった。

（……ライオネルを、起こせるかもしれないのに）

扉についた手をきつく握りしめて、俯《うつむ》く。

歯がゆい思いでどうにか母を説得しようと言葉を探すが、浮かんでこない。焦《あせ》りばかりが募って口をつぐんでしまった時、階下が騒がしくなった。ミリエルのそばに控えていた執事が、足早に下へと降りて行く。そうしてすぐに戻ってくると、その後ろになぜか詰所で留守居役をしているはずの胡蝶《こちょう》の騎士セディを連れてきていた。その強ばった表情に嫌《いや》な予感が胸をかすめる。

「なにかあったんですか」

「ああ、討伐に出た副隊長たちの消息がわかんねえ。隊長がすぐに詰所に戻れって」

ミリエルは大きく目を見開いて、口元を手で覆った。

「わからないって……」

「どうも魔獣が遺跡に逃げこんで、そこではぐれたらしいんだけどよ。何人かは戻ってきたんだ。けど、副隊長とそのほか数人が行方不明だ」

ばりばりと苛立《いらだ》ったように頭をかくセディを呆然《ぼうぜん》と見つめ、そろそろとすがるようにエセルバートから貰ったブローチに手をやる。

(大丈夫、大丈夫よ。副隊長ならきっと無事よ。しっかりしなさい、ここでわたしがしなければならないことはなに?)

ミリエルは表情を引き締めて振り返ると、弟の部屋の扉を力任せに押した。急に押された母がよろめいて転びかけたのを見て、とっさにその手をつかむ。母が悲鳴を上げてミリエルの手を振り払った。

「ごめんなさい、お母様」

蒼白《そうはく》な顔でしりもちをついている母の横を走り抜けて、弟が寝ている寝台の側《そば》に駆け寄る。

「ライオネル……」

清潔そうな白いシーツに寝かされた弟は、眠りについた時よりも成長をしていた。それでも同じ年頃の少年よりは小さいかもしれない。変わらないのは艶やかな栗《くり》色の髪だけだ。

「やめなさい、ミリエル！　やめてっ」

泣き叫ぶ母は、セディと執事に取り押さえられていて、こちらにくることができない。その後ろに騒動に気付いてやってきたのだろう、父の姿があった。

ライオネルの体の脇にあった病的なほどに細い手を握りしめる。きつく握ったそれは、ちゃんと血の通った体温で、それだけでひどく安心する。

陽の光がふんだんに差しこむ室内の空気は眠たくなるような心地よさ。暖かな空気を肺いっぱいに吸いこむ。

――常若の王よ、その偉大なる懐からお借りする。

ティル・ナ・ノグの騎士よ、現世《うつしよ》に戻り騎士たる務めを果たせ。

すべては暁の魔女の命ずるままに

心からの祈りをこめて、目覚めの詩を口にする。これで駄目なら、もう二度と弟は目覚めない。そんな気がした。

(お願い、起きて！)

きつく目を閉じていたミリエルは、顔の前をふっと光が通り過ぎたのに気付いて目を開けた。

ひらひらと舞う一頭だけの光の蝶《ちょう》は、いま背後にいる『棺《ひつぎ》の騎士』セディの方へいくことなく、ミリエルが握りしめていたライオネルの手にとまり、溶けるようにして吸いこまれた。

「——っげほっ」

次の瞬間、それまで微動だにせずに眠り続けていたライオネルが、まるで水に溺《おぼ》れた者が息を吹き返したかのように大きく息をした。咳を繰り返すその痩《や》せた肩をあわてて撫でると、ゆっくりとその瞼《まぶた》が持ち上がる。ミリエルの視界が、涙でゆがんだ。

「姉さん……？　なんで泣いているの」

「泣いてないわ」

胸がつまった。弟の母とそっくりな緑の瞳を見つめ、微笑《ほほえ》んで強がりをいう。目元をぬぐったミリエルは、握っていたライオネルの手を放した。その拍子にライオネルの手からぽろりとなにかがこぼれ落ちる。

「——っ!!」

床に落ちた半透明のそれにとっさに手を伸ばす。拾い上げた拳を開いてみると、『暁の女神』にはめこまれている石によく似てはいたが、それは円状ではなく予想外のことに半月の形をしていた。

「どうして、半分なの……？」

あわてて周囲を見回してもそれといったものはなく、愕然《がくぜん》としかけたが、それでもミリエルは石を握りしめて懐から出したハンカチに包んでしまうと、すぐさま立ち上がった。ほぼ同時に執事たちの手から解放された母が、脇目《わきめ》も振らずにライオネルのそばに駆け寄る。

泣き伏す母の姿を背に、ミリエルは走り出した。戸口で立ち尽くしていた父が、厳しい表情でミリエルに道を開ける。

「長い間、苦しめてごめんなさい。——育ててくれて、ありがとうございました」

立ち止まり小さく頭を下げる。そのまま、なにもいい返してこない父の前を通り過ぎた。

もう二度とここには戻れないだろう。両親と顔を合わせても、きっといないものとして扱われる。だから、これだけはいっておきたかった。

セディとともに階段を駆け降りて玄関ホールから出ようとすると、あとから追ってきた執事に呼び止められた。

「旦那様からの言伝です。ジェシカ様は神殿の査定の前に、ご友人の屋敷に行ったきり、何日も帰らなかったことがあったそうです。そして戻ってきた時に、なぜかミリエルお嬢様に謝られたそうです。〝おまえに苦労をかけさせるかもしれない〟と」

扉に手をかけていたミリエルは、大きく目を見開いて執事を見、そしていつの間にか階段の上にいる父の姿に気付いた。

「どういうこと……？　友人って、おばあちゃんはだれのお屋敷に行っていたの」

視線は厳しい表情で口を引き結んだ父に向けたまま、執事に問いかける。

「すでにお亡くなりになられましたが、辺境伯爵《はくしゃく》と呼ばれイーノス領を治めておられました、ブランデル伯爵……。お嬢様の上司にあたられますエセルバート・ブランデル第二騎士団・胡蝶副隊長のお父上のお屋敷です。いまはエセルバート様の名義になっているそうです」

ミリエルの脳裏に、エセルバートの身の上話が蘇《よみがえ》った。

(副隊長のご両親はたしかおばあちゃんと親しかったっていっていた……。でも、魔獣に襲われて、副隊長は大けがを……)

だから、父の言葉はほんとうのことだ。

何日も帰らなかった祖母。その後の神殿の査定でミリエルは『暁の女神』が使えなくなった。

そして何日も生死をさまよっていたといっていたエセルバート。

もしもこの時期が重なるなら、『暁の女神』の石の欠片《かけら》の場所は、エセルバートが握っているのかもしれない。

目の前がぱっと晴れていくような感覚がした。

「ありがとうございます、お父様」

心からの笑みを浮かべて、感謝を述べる。無言でこちらを見下ろしていた父は、それを聞いた途端に気まずそうな顔をしたかと思うと、ふいと背を向けてライオネルの部屋の方へと歩いて行ってしまった。

ミリエルはもう一度頭を下げて、すぐにノイエの屋敷を飛び出した。馬を操り、先を行くセディのあとを追いかけていく。

(副隊長、無事でいてください！)

強く手綱《たづな》を握る。焦りばかりが募って、遠くに見える城門が憎らしくなってくる。

ようやくたどり着いた城門をセディがするりとくぐりぬける。ミリエルも同様にその後に続く。

「――っ!!」

ところが、とおり抜けようとした前方に人がいた。それが、白髪の神官、レイだと気付いた時には遅かった。

慌てて手綱を引いたが、間に合わない。驚いた馬がいないないて竿立《さおだ》ちになる。体が傾き、空が見えた。

「迎えにきたよ、愛しい妹」

不思議と通る夜風の響きの声が耳に忍びこむ。くるりと水色の傘を回した白髪の神官が、疾《しっ》走《そう》する馬を身軽に避けて、それを操っていたミリエルの腕を強く引いた。

（え――っ!?）

視界が白に染まる。あまりの眩《まぶ》しさに、目の裏がちかちかして気持ちが悪い。

「さあ、今宵《こよい》は満月。僕と一緒に『ティル・ナ・ノグ』へ行こう」

恍惚《こうこつ》とした響きをともなう言葉を聞いた途端、ミリエルの意識はそこでぷつりと切れた。

＊＊＊

「ミリエル！　ミリエルは戻っているか⁉」

エセルバートはもどかしい気持ちで詰所の扉を蹴破《けやぶ》る勢いで開けた。

「エセル！」

アルヴィンが驚愕の声を上げるのも耳に入らずに、ぐるりと夕日が差し込む詰所内を見回したエセルバートは、目当ての人物の姿がないことがわかって盛大に舌打ちをした。

「あなたたちは遺跡で消息を絶ったはずでは……」

「ああそうだな。散々迷わされて、ようやく出てきたよ。魔獣のくそ野郎のおかげでな」

口汚くののしったエセルバートの後ろから、数人の『棺の騎士』が詰所に入ってきた。どの顔も疲労困憊《こんぱい》といった様子だ。

すばしっこい魔獣に振り回され、迷わされ、午前中に詰所を出たのに、もう日が半分沈んでいる。

「ミリエルは？」

「それが……」

エセルバートが切迫したように従兄《いとこ》に詰め寄ると、アルヴィンは眉間《みけん》の皺《しわ》をいつもよりもなおいっそうのこと深くして、詳細を語った。

「城門まではセディと一緒に来たのに、馬だけ残して消えた？　レイの仕業か……？」

エセルバートは額に手をやって、動揺を押し隠すように何度も呼吸を整えた。

夜会の時以来、直接はなにも接触をしてこなかったのに、いまさら手をだそうとするなど、なにかレイにとって条件が整ったのかもしれない。

（あいつは姿を消す魔術を知っているようだ。ミリエルが何度かその場面を見ている。魔獣の突然発生もあいつの仕業だとしてもおかしくはない）

遺跡でそれができる高等魔術をみつけたおそれがある。

エセルバートは唇をかみしめて、茜色《あかね》に染まる窓の外を見やった。

いつもいるはずのミリエルがいない。詰所に帰れば「お疲れ様です」とねぎらって出迎えてくれるその存在がないのは、とてつもない喪失感を覚える。レイがミリエルの力を必要としているのなら、危害を加えることはないだろうが、それでも鉛を飲みこんだかのような重い焦燥《しょうそう》感《かん》がつきまとう。

「そういえば、ミリエルは弟を起こせたのか？」

苛ついた気分のまま額に手をやってアルヴィンを振り返ると、従兄は首をめぐらせたかと思うとセディを見やった。視線を受けたセディが居住まいを正す。

「はい、起きました。それから、なにかを拾い上げて……。あと……」

言葉を続けるのをためらうそぶりを見せる部下に、エセルバートは促《うなが》すように頷いてやった。

「どういうことなのかわかりませんが、以前、ジェシカ様がミリエルの神殿の査定の前に副隊長の屋敷に行ったまま何日も帰らなかった、というノイエ卿からの言伝を聞いて、驚いているようでした」

「なんだそれは」

不審そうに長めの前髪の下からセディを見据えると、すくみ上ったように背筋をのばしたので、「悪い」と手をかるく振って謝る。アルヴィンが嘆息して腕を組んだ。

「なにに驚いたのでしょうね。その話だとなくしていた『暁の女神』の石はあったようですし」

「わからない。とにかく、ミリエルを探してくる」

アルヴィンにいい置いて、騎士服の裾《すそ》を翻し詰所の扉の方に向かう。すると当然のように『棺の騎士』たちがそのあとを追ってこようとしたので、振り返って申し訳なさそうに見やった。

「悪いが……」

「あなたたちはついていけませんよ。胡蝶と『棺の騎士』の任務は魔獣の討伐です。人探しには駆り出せません。王命も受けていないのに連れて行けば厳罰ものです」

言葉を継いでくれたアルヴィンに同意して、エセルバートは真剣な面持ちで頷いた。

悪くすれば、これ幸いにと胡蝶の指揮権をデュークが握るかもしれない。『棺の騎士』たちがそれぞれに悔しそうな表情で黙りこむ。

「それでも『暁の魔女』の命令があれば、出られます。『棺の騎士』の禁則事項には《③『暁の魔女』に必ず従わなければならない》となっています。これは場合によっては王命よりも重い」

腕を組んで眉間に皺を寄せていたアルヴィンが、めずらしく皮肉げな笑みを浮かべた。その意図を察して、エセルバートも同じような笑みを返す。

「どうぞ、第二騎士団・胡蝶隊長、アルヴィン・シルヴェスタ殿の御心のままに」

芝居がかった慇懃《いんぎん》な態度で礼をとる。そうしてすぐにゆるりと踵を返して、詰所を出かけた。その背にアルヴィンが声をかけてきた。

「ミリエルの居場所は、見当がつきますよね？」

「ああ、そのための〝目印〟だ」

振り返ったエセルバートはにやりと笑って眼鏡を軽く押し上げ、足早に詰所をあとにした。

＊＊＊

（寒い……）

底冷えするような感覚を覚えて、ミリエルは身を震わせながらゆっくりと目を開けた。まず目に映ったのは満天の星空だった。天鵞絨《ビロード》のような空に極上の宝石を縫い付けたような、雲ひとつない夜空だ。それを彩る満月は、どこか死人の肌の色を思わせるような青白さ。

「どこ……?」

小さくうめいて起き上がる。そうして、自分がなにに横たわっていたのか知った。

「なに、これ……、棺?」

細長く、まるで船のような箱型だったが、その形は詰所でいつも見ている物と大差ない。体の下には厚く綿が敷き詰められ、身動きすると同時に真っ白い名も知れない花が体の上からこぼれていった。それでも寒いことは寒い。

どこかの遺跡なのか、天井は崩れ、壁もなく、数人がかりで囲んでようやく手がとどくような太い柱が林立するだけの建物だ。寒くないわけがない。

ぶるりと肩を震わせた拍子に、ふっとレイの顔を思い出した。

(副隊長が行方不明だっていわれて、詰所に戻る途中にレイ神官とぶつかりそうになって……)

とっさに腰に下げた『暁の女神』と短剣を確認する。両方ともそこにあったことに安堵《あんど》のため息をついた時、こつりと足音が耳に届いた。身構えて顔を上げる。

「目が覚めたね。眠り姫さん。ここ、古代王国の遺跡で眠った気分はどうかな」

くるりといつもの水色の傘を回し、にこりと邪気のない笑顔を浮かべる白髪の神官がそこに立っていた。自分をこんなところに連れてきた張本人だ。

「ああ、そんなに警戒しないでくれないかい。愛しい妹。兄は悲しいな」

緊迫感のない声でいい、かすかに首を傾《かし》げるレイを警戒しながらミリエルは立ち上がって睨みつけた。

「副隊長が全部話してくれた。でも、あなたが兄だなんて信じられない」

「過保護な婚約者どのがやっと話したのか。まあ、君が信じようと、信じまいと、事実は事実だよ。僕と君の親は『暁の魔女』の直系の子孫だというのは、変わらない」

レイが足を踏み出してきたので、ミリエルは逃げるように棺から飛び出した。

「君の、そして僕の実の両親は生きているよ」

レイの言葉に、逃げ出そうとした足が止まる。肩ごしにぎこちなく振り返ると、レイはまるで悪戯《いたずら》が成功した子供のように笑った。

「母親は『暁の魔女』の直系。目の色は父親似かな。こちらはすこし本筋から外れるから。ね、僕の瞳の色と君の瞳の色、そっくりだと思わないかい」

レイがそれまで一度として外さなかった傘を閉じた。強い満月の光がその双眸《そうぼう》を照らし出す。いつも鏡で見ている自分の瞳の色。それとほとんど同じ薄紫の双眸がそこにあった。

「君を両親に会わせてあげる。手放すのを散々渋っていたから、喜んでくれるよ。君も嬉しいだろう。だから、僕の願いを聞いてくれるよね？」

初めて会った時と同じ夢見るような視線。決して睨まれているわけではないのに、ぞくりと悪寒が駆け上る。本能がこの兄だと名乗るおかしな男から逃げろと告げる。ミリエルはレイに背を向けて走り出した。

「『穢《けが》れを受けし憐《あわ》れな獣、ティル・ナ・ノグの道を歩け』」

レイの静かな、夜風の声が聞いたことのない呪言を呟く。

身を翻したミリエルの目の前に、またたく間に見たことのある魔獣が姿を現した。

口からはみ出るほどの牙をもつ、黒い毛並の狼型の魔獣は、行く手を阻むようになり声を上げた。ぶつかりそうになってあわてて足を止めたミリエルは、大きく目を見開いた。

「わたしが初めて討伐に出た時の魔獣……」

そしてフィルが眠りにつく原因となった魔獣だ。

「あの時、あなたが外壁の上にいたのは」

「ちょっと君の眠らせる能力を試したくて、魔獣を呼ぶためだ」

「そんなことのために、フィルさんを……ふざけないで！」

腹の底から怒りがこみ上げる。素早く短剣を抜き放つと、レイに向けた。それでもレイは動じない。

「君は僕のいうことになんでも怒るね。だってあれはもう屍《しかばね》じゃないか。資質さえあれば、いくらでも作れる。ちょっとやそっとじゃ壊れない、最強の道具だ」

「たとえ、たとえそうだとしても、道具だなんて呼ばないで！『風の娘シルフ、そのひとふきをわが手に』」

うなり声を上げて風が短剣にまとわりつく。そうして間髪入《かんはつい》れずに切りかかった。レイが閉じた傘でそれを受け止める。白髪の男はどこか面倒そうに口を開いた。

「『風の娘シルフ、そのひとふきをわが手に』」

ミリエルの風よりも強い風が傘を覆い、あっという間に短剣を跳ね飛ばし、同時に体が弾《はじ》き飛ばされる。冷たい石床に叩《たた》きつけられそうになって身を強ばらせると、背後にいた魔獣がその下に滑りこんできた。黒く堅い毛並が頬を打つ。すこし息が詰まったが、叩きつけられずに済んだ。その衝撃なのか、レイが消したのか、魔獣の姿が霧が晴れるように消えていく。

「おいたがすぎるよ、かわいい妹。やっぱりすこしエセルバートに感化されたかな」

レイが再び開いた傘をくるくると回しながら近づいてくる。それでもミリエルは立てなかった。いくら魔獣が下敷きになってくれたとはいえ、息が詰まった反動で咳《せ》き込みが止まらなかった。

「ああ、こんなものをつけているせいもあるのかな」

レイの手がのびてきたかと思うと、苦しむミリエルの襟元からエセルバートに貰ったブローチをむしり取った。

「返して……っ」

必死で神官服の裳裾《もすそ》にすがりつこうとすると、レイが踊るような足取りでそれを避けた。

「なんて忌々しい色なんだろうね。それに鳥の形だなんて、悪趣味だ」

レイはブローチを月光に透かすように見つめると、ミリエルの見ている目の前で石床に落とした。ミリエルがあわてて拾おうとするより先に、レイが傘の先でそれを打ち砕いた。

「ああっ！」

「なにがそんなに大事なんだろうね。首に縄をつけられているのと同じようなものなのに」

手が傷つくのもかまわずに、割れたブローチをかき集めていたミリエルは、不穏な言葉に顔を強ばらせて見上げた。

「その顔だと、知らなかったみたいだね。君が大切にしていたそれ、エセルバートの魔力が染みこんでいるよ。君がどこへいってもおおまかな場所はわかるようになっている。ねえ、君は監視されていたんだよ」

「――違う！」

かき集めたブローチの欠片を握りしめ、力の限り叫ぶ。その視界に、ブローチと一緒に落ちた桃色のリボンが映った。そろそろと傷だらけの手を伸ばす。

――ちゃんとつけていけよ。〝目印〟だからな。

ミリエルは信じたくない思いで首を横に振った。手にしたリボンを懐に突っ込む。

（もしレイ神官のいうことがほんとうだったら、副隊長が目印なんて言葉を使うはずがない）

そんな確信を抱いて、欠片を握ったままレイを見上げた。

「わたしは監視されていたんじゃない。副隊長はあなたみたいなおかしなひとから、守ってくれたのよ！」

ミリエルは手にしていたブローチの欠片を、睥睨《へいげい》してくるレイの顔目がけて投げつけた。

「……っ」

欠片が目に入ったのか、レイがうめいて身を折る。その隙《すき》をついて、ミリエルは駆け出した。

太い柱の間をすり抜けて、いくつもの崩れた壁を乗り越える。行けども行けども終わりが見えてこない。周囲は崩れかけてはいても高い外壁が囲んでおり、その向こうに遺跡をなかば飲みこむように樹海が迫っていた。城の姿も建物も見えない。まるで同じところをぐるぐるとまわっているような妙な感覚になってくる。

それでもようやく崩れていない部屋を見つけ、ゆがんだ入り口から潜《もぐ》りこんだ。レイが追ってこないのを確認して、息を殺すようにしてその場に座りこむ。

（副隊長は無事なの？　それとももしかしたら同じ遺跡にいるの？　もう、会えなかったら……）

恐ろしい想像に膝《ひざ》を抱えて縮こまる。

遺跡に詳しいわけでもなく、ここがどのあたりなのかわからない。それでもここが遺跡である以上は、王都からそれほど離れていないはずだ。

身動きした拍子に、『暁の女神』の存在を思い出した。ライオネルのところで見つけた石は半分だけだったが、それでも使えるかどうか試してみようか。

(使えなくても、なんとか樹海に逃げこめれば、きっと簡単にはみつからないだろうし。とにかく確認しておかないと)

懐からハンカチに包んでおいた石を取り出す。半透明の石は薄暗闇のなかにあって、淡く光を帯びているような気がした。

だれもいないことを確認して、外へと這《は》い出る。慎重に欠けていた部分に石をあてがってみると、吸い付くようにその場所に収まった。それをたしかめると、ミリエルはすぐに緊張した面持ちで周囲の気配をうかがった。そうして『暁の女神』を手にしたまま走り出そうとした時、半月の形の石がはがれ、こつりと音をたててこぼれ落ちた。細くため息をついて、石床に落ちた石を拾い上げる。

「やっぱり……」

「――ああ、駄目だったね。期待していたのに」

背後で静かな声がした。身をすくめておそるおそる振り返ると、崩れていない部屋の梁《はり》にレイが閉じた傘を杖《つえ》のように構えて悠然《ゆうぜん》と立っていた。ミリエルが投げつけたブローチの欠片で切ったのか、頬に傷があり、目を痛めたのだろう、左目を閉じている。

ミリエルはレイから感じられる静かな怒りを恐れて石をポケットにしまい、『暁の女神』を胸に抱いて、数歩後ずさった。

「あなたは、なにをしようとしているの」

「『ティル・ナ・ノグ』の都を蘇らせる。『暁の女神』はその都を開く鍵なんだ」

レイが邪気のない笑みを浮かべる。それはどこかうすら寒く、身を包む冷気さえも暖かさを感じるほど。ミリエルは寒さと恐れを振り払うように、声を張り上げた。

「ティル・ナ・ノグは滅びたわ。残っているのは遺跡だけ。行けるとしたら、死んだあとよ」

「いいや、ティル・ナ・ノグの都は滅びていないよ」

ぱさりと傘を開いたレイが、重さを感じさせない動きで梁の上から飛び降りてきた。

「古代王国が滅びたあと、都は自ら閉じたらしい。次の王を待ってずっと眠り続けているそうだ。高度な文明と高度な魔術を湛《たた》えながら。みなが探しているのは、すでに死んでいる都だ。僕が探していたのは、すぐに機能する生きている都。それを僕は見つけたんだ」

歌うように楽しげに語りながら一歩ずつ近づいてくるレイに、ミリエルは警戒感をにじませて、じりじりと後ずさった。

「魔獣が教えてくれた。やつらはティル・ナ・ノグの都に帰りたがっているそうだから」

くるりと回した傘の先の飾りが、踊るように揺れる。――と。

「――そういうことか。遺跡のそばで魔獣を放ったのは、ティル・ナ・ノグの都を見つけるためか。――『炎の主サラマンダー、そのひとかけらをわが手に』」

唐突に聞きなれた、深みのある耳に心地いい声がしたかと思うと、崩れかけた部屋が業火に包まれ音をたててくずれた。

大蛇のようにうねる炎の先が、レイを飲みこもうと襲いかかったが、彼がとっさに放ったウンディーネの魔術がそれを消し去る。

ミリエルとレイの横に何本も林立している太い石柱の後ろから赤銅色の髪の男が出てきた。肩に担いだ大鎌が月光に照らされて銀色に輝く。

「副隊長！」

無事な姿に心の底から安堵して、力が抜けそうになった。エセルバートの元に駆け寄ろうとしたが、それを遮るようにレイの傘が付き出されて、おもわず踏みとどまる。

「駄目だよ、かわいい妹。あの男は自分の利益のためなら君を騙《だま》してまで手元に置こうとする非道な男だ」

「真実なのか偽《いつわ》りなのかわからないおかしな言動で惑わせて、恐れと不審ばかりを抱かせるおまえにいわれたくはない」

エセルバートが冷めた視線をレイに向けて近づいてくる。

「ミリエルがほんとうにおまえの妹でも、いまは第二騎士団・胡蝶の従騎士だ。騙されていたことを知っても、自分でその場所を選んでくれた。ミリエルの居場所はおまえの後ろなんかじゃない。――俺の隣だ」

強い視線がミリエルをとらえる。その濃紫の双眸に焦《こ》がれるような熱を感じるのは気のせいだろうか。

「『炎の主サマランダー、そのひとかけらをわが手に』」

エセルバートが炎で包みこまれた大鎌を振りかぶってレイをその魔具の傘ごと弾き飛ばす。

それとほぼ同時にこちらに片手を差し出した。

「こい、ミリエル」

ミリエルはためらいもせずにその胸のなかに飛びこんだ。力強く抱きとめてくれる腕にもう大丈夫だといわれているような気がする。

「怪我はないか？」

「すこし、手に……。でもたいしたことはありません」

ブローチの欠片を握りしめた際に負った傷がぴりぴりと痛むが、それほど支障はない。その傷を見たエセルバートがかるく眉根を寄せた。

「どうしたんだ？」

「レイ神官に割られてしまったブローチの欠片を握って、投げつけたんです」

「そういう意味で〝目印〟を役立ててもらいたかったんじゃないんだがな」

労《いたわ》るように傷を撫でて、微苦笑したエセルバートを見上げて、ミリエルは一瞬ぽかんとしたが、すぐに笑った。

「でも、すごく役に立ちました」

レイがいっていたように監視などではない。自分の想いを信じてよかった。

――と、ふいに背後でうめき声が響いてくる。

「――ああ、忌々しいな。ジェシカ様もなんでこんな男にくれてやったのか」

弾き飛ばされたレイが、憎悪に彩られた表情で立ち上がり傘を開く。レイからかばうようにエセルバートがミリエルの前に出た。

「おまえがティル・ナ・ノグを見つけるのに執着するからだろう。おとなしく神官を務めていればいつかはかわいい妹と普通に再会できて、いずれは国の重鎮《じゅうちん》になれたはずだ。『暁の魔女』の直系だ。それはそれは優遇されてきたはずだろう」

「優遇？」

エセルバートが突きつけた言葉に、レイが小ばかにした笑みを浮かべた。いつもの、静かな夜風のような声ではない。地の底を這うかのような鬱屈《うっくつ》した響きを恐れて、ミリエルはエセルバートの騎士服をきつく握りしめた。

「『暁の魔女』の血族を保護して優遇する。『ドルイド』を作るため、『暁の魔女』を作るため、ただおとなしくそこにいて、次代に血をつなげばいい。こんなことが保護だって？　そんなもの、王家に囚《とら》われ飼われた籠《かご》の鳥と同じじゃないか！」

大気を震わせるレイの声は悲鳴じみていて、ミリエルの胸をぎゅっと締め付ける。息苦しい、ここから出たい。そんな心が伝わってくる。

対するエセルバートは激昂《げっこう》するレイとは逆に、冷静な様子ですこしずつ距離を取っていく。

「囚われてはいない。強大な魔力をもっていた魔女は迫害されず、利用されない安住の地を求めていた。過ぎた力は、争いを呼ぶ。保護は俺たち『暁の魔女』の血族が争いの火種になるのを防ぐためだ。囚われていると思うから苦しい」

「違う！」

レイが目を見開いた。痛めた左目が赤く充血して、彫像のような顔をしているだけに、それがよけいに恐ろしさを掻《か》き立てる。

「迫害が怖くて保護を求めるのは、臆病なだけだ。忘れ去られた存在がどんなにみじめなのか、おまえは知らないだろう。『棺の騎士』を操り、胡蝶の副隊長として華々しく活躍しているおまえには。それなのに今度は『暁の魔女』や『暁の女神』をも手に入れる？　そこまでの力を手に入れておきながら、僕たちを『暁の魔女』の血族を飼い殺している国への忠義を尽くすおまえはただの愚か者だ」

レイが素早く傘をたたんだ。それとほぼ同時にエセルバートがミリエルをさらに後ろに追いやって炎の鎌を付き出す。それにも怯まずにレイが呪言を唱えて、傘に風を纏《まと》わせた。

「遺跡で見つけた魔獣召喚《しょうかん》や転移の高等魔術だけでもあれだけ役に立つんだ。ティル・ナ・ノグの力さえあれば、このつまらない世界の檻《おり》を壊せる。僕は過去の叡智《えいち》がどれだけ素晴らしいものなのか、証明してみたい。『暁の魔女』はティル・ナ・ノグの番人。鍵たる『暁の女神』

と一緒に、僕に渡せ！」

風がうなり声を上げて襲ってきた。エセルバートの炎風がレイの鎌鼬《かまいたち》のような風を迎え撃つ。

「なにが叡智だ。おまえのように争いを呼び起こそうとする輩《やから》がいるから、いつまでたっても『棺の騎士』は解放されない。『ティル・ナ・ノグ』の高等魔術はもう滅んだものだ。現在に呼び起こしても、災いを招くだけだ！」

エセルバートの怒鳴り声に、ミリエルは彼が胡蝶を解散できないといっていたのを思い出した。魔獣の掃討ばかりではなく、エセルバートのいうようにレイのように力をもった者が古代遺跡の遺産を悪用しようとするのを排除するために、『棺の騎士』が欠かせないのだろう。

（でも、それじゃいつ『棺の騎士』は解放されるの？　遺跡が消滅でもしないかぎり、無理……。副隊長が苦しむのもわかる）

レイが魔獣を召喚する呪言を叫ぶ。新たに現れた魔獣が彼とともにこちらに襲いかかってきた。

エセルバートの背後にかばわれながら、ミリエルは歯噛《はが》みした。せめてあの時、レイに攻撃された時に短剣を放してしまわなければ、助けになれたのに。

ふいに指先に堅い金属の感触がする。はっとして視線を落とすと、白銀の銃が存在感を主張するかのように月光を弾いていた。

（『暁の女神』……）

そもそもこんなものがあるから、レイだってあるかどうかわからない伝説の『ティル・ナ・

ノグ』を狂ったように探すのではないだろうか。

そう考えると、あれだけ心のよりどころとなっていたものが、ひどくいとわしいものに感じてくる。それでも、いまはこれしかない。

ミリエルはポケットから半月の形の石を取り出すと、懐からエセルバートからもらった桃色のリボンを出し、それで石を『暁の女神』にくくりつけた。優美な造りの銃に桃色のリボンは、どこか間抜けな魔具になる。

（おばあちゃんに見られたら、笑われそう）

きっとお腹を抱えて笑ってくれる。それでも、落ちこぼれの自分にはお似合いだ。

小さく呪言を唱え始める。ちらりとこちらを振り返ったエセルバートが驚いた目を向けてきたのに、しっかりと頷いてみせる。

『暁の女神』がいつかのように強く光り出した。熱さを感じることはないが、リボンが焼き切れてしまいそうなほどの強い光だ。

（お願い、発動して……っ）

祈りをこめて引き金に指を掛ける。光が銃口を伝って、外へ飛び出した。

幾頭もの光の蝶が、細い筋となって魔獣をからめとる。次の瞬間に細かな光の粒となって霧散した魔獣を前に、レイが驚いたように立ち尽くすのが見えた。その隙を縫って、エセルバートの炎風がレイを吹き飛ばす。

「使え、た……」

　両手で魔具を握りしめ、肩で息をする。嬉《うれ》しさなのか、それとも別のなにかなのか、わけのわからない感情に、体の震えが止まらなかった。それでも、幼い頃に『暁の女神』を発動させた時に見た蝶の群れよりも何十倍も少ない。やはりまだ、石が足りないのだ。

「よくやったな。やればできるじゃないか」

　肩に炎の鎌を担《かつ》いで、鮮やかな笑みを浮かべるエセルバートに背中を叩かれて、ミリエルはようやく構えを解いた。うめきながら起き上がったレイにエセルバートが鎌の先を突きつける。

「まだやるか？」

「ああ、やるとも。『穢れを受けし憐れな獣たち、、ティル・ナ・ノグの道を歩け』」

　顔を強ばらせていたレイが声高に笑い、素早く呪言を唱える。またたく間にエセルバートの背後に先ほどの狼型の魔獣が現れて襲いかかった。

「副隊長！」

「く……っ」

　体をひねって、エセルバートが炎の鎌を振り回す。かろうじてかすめた刃が、魔獣の黒い毛並をわずかに焦がした。その隙にレイが体勢を立て直してしまう。そのレイを守るように、エセルバートに襲いかかったのと同じ狼型の魔獣が何頭も現れ、扇状にミリエルたちを取り囲んだ。

「まだやる？」

先ほどエセルバートが口にした言葉を皮肉たっぷりにレイが紡《つむ》ぐ。エセルバートに駆け寄ったミリエルは、レイを睨みつけた。その肩をエセルバートに引き寄せられる。

「どうする、やるか？　やるなら援護する」

「お願いします。捕まえないと、フィルさんに顔向けできません」

表情を引き締めて握りしめた『暁の女神』に力をこめる。エセルバートが不敵に笑って、声を張り上げた。

「聞いたか？『棺の騎士』たちよ。『暁の魔女』のご所望だ。『ティル・ナ・ノグ』の都を守り、仲間の敵討ちといこうか！」

月光を受けて神秘的に浮かび上がる古代遺跡に、朗々としたエセルバートの声が響きわたる。呼びかけに反応して、あちらこちらの崩れた廃墟《はいきょ》の陰から、ここにいるはずのない『棺の騎士』たちが出てきた。

彼らは驚きに声も出ないミリエルの目の前で、各々《おのおの》の魔力を纏わせた魔具をその手に握り、一斉に魔獣の群れへと襲いかかった。

「いつから……」

「俺が姿を見せた時からだ。おまえがこの遺跡にいるのを見つけたが、レイも捕まえたかったからな。すぐに詰所に戻って『棺の騎士』をつれてきた。連れ出せるように、アルヴィンが陛下をいいくるめてくれていたからな」

「いいくるめるなど、人聞きの悪いことを。説得したといってください」

細身の剣を手にしたアルヴィンが、いつものように眉間に皺を寄せて歩み寄ってきた。

「どういう風にいったんだ？」

「〝ノイエは『暁の女神』をジェシカ様から受け継いで所持している。だから『暁の魔女』だ。その招集には絶対に応えなければならない〟」

「ああ、それなら屁理屈《へりくつ》をこねる、の方が合っているか」

「違いない！」

周囲で戦っていた『棺の騎士』たちがほぼ同時に声を上げて笑う。アルヴィンが不機嫌そうに顔をしかめたかと思うと、ミリエルに向けてなにかを放り投げた。『暁の女神』を小脇に抱えてあわてて受け取ると、それは自分が落としてしまった短剣と変わらない大きさの剣だった。

『暁の女神』が使えたようですが、それも必要でしょう」

「ありがとうございます！」

早々と背を向けて別の魔獣の方へと行ってしまうアルヴィンに向けて礼を叫ぶ。そこへさらなる魔獣を召喚したレイが、辟易《へきえき》した声を上げた。

「ああ、これだから嫌なんだ。仲間ごっこは。所詮《しょせん》『棺の騎士』は使い捨て。動けなくなれば次の屍を蘇らせればいい。情なんて幻想だ。ただの偽りだよ。そんなものが役に立つはずがない」

「幻想だと思っているから、いまおまえの味方は魔獣しかいないんじゃないのか。それに妹にさえも信じてもらえない」

「――っうるさい！」

エセルバートの嘲笑《ちょうしょう》に駄々っ子のような癇癪《かんしゃく》を起こしたレイが、炎を纏わせた傘を振るう。

周囲で戦う魔獣は『棺の騎士』の活躍によって、その数を徐々に減らしていた。

「今宵は満月。夜明けの光と『暁の魔女』の力が交われば、あともうすこし。あともうすこしで『ティル・ナ・ノグ』への道が開く。おまえなんかに僕の悲願を邪魔されてたまるか！

『穢れを受けし憐れな獣の王よ、ティル・ナ・ノグの道を歩け』」

力の限り叫んだレイの傘が円を描く。ゆっくりと白く輝く円のなかから、人の身長の倍もありそうな獅子《しし》の頭が出てこようとした。エセルバートが舌打ちをする。

「あの野郎、まずいやつを……」

獣の匂いが鼻孔《びこう》をつく。

ミリエルにでさえもわかった。あの魔獣はひとも住まないような秘境にしかいない。本でしか見たことのない、確認されているかぎりで最強の魔獣だ。あんなものが出てきたら、都は壊滅する。

「させるか！『炎の主サマランダー、そのすべての力をわが手に』」

エセルバートの炎の大鎌が通常よりも巨大な炎の塊で覆い尽くされる。そうして間髪入れずにレイに襲いかかった。

「『水の貴婦人……』うわぁああっ！」

呪言が間に合わずにレイの傘を炎が駆け上り、神官服の袖《そで》が炎に包まれる。振り払おうと身をよじって数歩後ずさったレイの足元が急に崩れ始めた。

「………っ！」

奈落の底のように口を開けた廃墟の石床がぼろぼろと崩れ落ち、レイが飲み込まれていく。

ミリエルはレイが崩れる遺跡の石床に飲み込まれそうになるのを見て、『暁の女神』を放り出し、とっさに走り寄った。

「『大地の守護者ノーム、そのひとにぎりをわが手に』！」

アルヴィンから借りた短剣をむき出しの地面に突き刺し、崩れるのを阻止しようと呪言を唱える。わずかに崩れるのが停止するが、すぐにまた崩落が始まってしまった。ミリエルはおもわずレイに手を差し出した。しかし彼はその手を取ることなく、なぜか笑った。

「きっと『ティル・ナ・ノグ』に連れて行くよ、愛しい妹」

不吉な言葉を最後にレイの姿は大量の石床の残骸《ざんがい》とともに陥没した穴に消えた。それと同時にミリエルの足元ももろく崩れる。ふわりと体を浮遊感が襲う。

「ミリエル！」

エセルバートが腰をさらって力強く引き寄せる。後ろへしりもちをついたそのすぐ足元で石床が崩れるのが止まった。エセルバートが耳元で長いため息をついた。

「死ぬかと思ったぞ」

「すみません、わたしもです」

荒い呼吸を繰り返し、強ばった手で、エセルバートの腕を握りしめる。

生きた心地がしなかった。自分でもなぜ飛び出したのかわからない。

互いにほっとしたのも束の間、獣の低いうなり声が耳に届いてごくりと息を飲んだ。

「エセル！　ミリエル！　休んでいる場合ではありませんよ！」

アルヴィンの怒声に、ふたりは弾かれたように立ち上がった。そうして振り返ってみると、レイが召喚しかけていた獅子の魔獣が、半分ほど姿を現してしまっていた。背に生えた体毛と同じ色の薄茶の翼が見える。

「やっかいなものを残してくれたな」

エセルバートが真剣な面持ちで眼鏡を押し上げる。そうしてミリエルが放り出してしまった『暁の女神』を拾い上げてくれた。その瞬間に魔具が炎に包まれる。いつかのようにエセルバートの手袋が燃え上がり、同時に石をくくりつけていたリボンさえも焼き尽くす。

しかしそれでも半月型に割れた石は、そこからはがれ落ちることはなかった。

ミリエルは目を見張った。

「ほら、はやく受け取れ。なにをそんなに呆《ほう》けているんだ」

いぶかしげに『暁の女神』を差し出してくるエセルバートの手を辿《たど》り、その顔を呆然と見上げる。

「副隊長……くっついています！」

「なにが」

「『暁の魔女』の石です。まだ半分しかなくて取れてしまうので、リボンで縛っておいたんです。でも、副隊長が持ったらくっついているみたいで……」

エセルバートが割れた石のもう半分の場所を知っているかもしれない、と思ったが、まさか。

「石を持っていませんか⁉」

「俺がか？」

互いに顔を見合わせた時、その耳を魔獣の咆哮《ほうこう》が貫いた。はっと我に返ってそちらを見ると、魔獣が『棺の騎士』たちの攻撃を受けているところだった。

「考えるのはあとだ。こい、一緒に持っていてやる」

エセルバートの前に立って、『暁の魔女』を握ったミリエルの手の上から、エセルバートの大きな手が包みこんだ。

息を整える。今度こそは完全な形で使える。そんな確信。

「おまえら、どけ！」

エセルバートの声に反応して、アルヴィンをはじめとした『棺の騎士』が魔獣への攻撃をやめて飛びのく。

「『暁の魔女が命じる。水の貴婦人ウンディーネ、風の娘シルフ、炎の主サラマンダー、大地の守護者ノーム――』」

呪言に呼応して、体中にめぐるそれぞれの魔力が身の内を駆け巡る。いつかのように耳元で鳥のさえずりにも似た心地よい音がした。

銃身にはめこまれたいくつもの半透明の宝玉が淡く光を帯びる。ほんのりとしたぬくもりは、まるで春の陽だまりのようなあたたかさ。

ミリエルとエセルバートを中心に凍えた空気が渦を巻く。そのなかに何頭もの光の蝶が紛《まぎ》れこみ、星屑《ほしくず》のようにきらきらとまたたいた。

『暁の女神』に魔力が満たされる。

「『――そのひとしずく、ひとふき、ひとかけら、ひとにぎりをわが暁の女神に宿せ』！」

銃口から光の蝶の大群が、まるで周囲に林立する遺跡の柱のような太さで放たれる。あきらかに先ほどのものとはけた違いの幅の帯が、獅子の魔獣を包みこんだ。

魔獣が苦し紛れの咆哮を上げる。その巨体にまとわりついた光の蝶が、白み始めていた空から頭を覗かせた太陽に照らされて、虹色に光り輝く。

その時だった。

「あれは、なんだ……？」

エセルバートの呆然とした声が背後から発せられた。ミリエルもまた息を飲んでそ**れ**を食い入るように見つめる。

虹色の蝶の合間に湖に浮かんだ城島が見える。つい先ほどまでその場所は樹海の頭が見えていたはずだった。白く輝く城塞《じょうさい》は天にもつくかと思うほどで、それに向かって蝶が巡礼者のように一列になって飛んでいく。

ふいに城の端になにかオレンジ色のものが見えた。

「あれって……フィルさん!?」

驚きに上ずった声を上げるのとほぼ同時に、大量の光の蝶が城の姿を覆い隠す。全容を現した太陽の強い光に、蝶は溶けるようにして消えていった。

あとには獅子の魔獣の毛の先ほどの残骸さえも残らなかった。

「『ティル・ナ・ノグの都よ、我とともに永久《とこしえ》にあれ』か……」

エセルバートのいつもは耳に心地いい声がすこしかすれて、静寂《せいじゃく》に満たされた遺跡のなかに響いた。

＊＊＊

「――祖母が火傷を負って瀕死《ひんし》の状態の副隊長に飲ませた薬は、『暁の女神』の石だったらしい!?」

裏返りそうな声で問い返したミリエルは、執務机についているアルヴィンとその机の端に腕を組んでかるく腰をかけるエセルバートを交互に見つめた。

遺跡での騒動を治めたあと、崩れた瓦礫《がれき》の下敷きになったレイの捜索《そうさく》は途中で駆けつけてきた第三騎士団・白狼に代わってもらった。そうして王都に戻ったエセルバートがすぐにしたことは、神殿に駆けこんだことだった。

複雑な表情で戻ってきたエセルバートが詰所で待っていたミリエルとアルヴィンに語ってくれたのは、そんな驚くようなことだった。

「ああ。乱れた魔力を体になじませるのに、魔具の石を飲ませることがあるそうだ。一般的には知らされていない。それをジェシカ様はよりにもよって『暁の女神』の石を飲ませたと神殿に報告をしたそうだ」

それだけ危なかったということだが、と呟いたエセルバートはミリエルをまっすぐに見つめて、すぐに視線をそらした。アルヴィンが長々と嘆息して、指先で机をこつりと叩いた。

「飲ませられた本人にさえも、いえるわけがありませんね。もしも万が一、レイのような輩と結託でもされたら、最悪の場合はシルヴェスタが滅びます。――取り出すことは?」

エセルバートは眼鏡をゆっくりと押し上げながら、再びミリエルを見据えてきた。

「肉体が滅びない限りは無理だそうだ。俺が死ななければ、取り出せない。『暁の女神』はこのままだと不完全なままだ」

ミリエルは息を飲んで胸元に手をやった。喉《のど》の奥に声が詰まって、出てきてくれない。

「悪いな。足を引っ張っていたのは、むしろ俺の方だ。おまえを不遇な目に陥《おちい》らせたのは、俺だったんだ」

「そんな、こと……。そんなことはありません！　石を飲んだのは、副隊長のせいなんかじゃありませんし、もう半分の石を失くしたのは、わたしの不注意です」

首を横に振って、必死に訴える。それでもエセルバートの硬い表情は変わらない。ふいに彼は懐から折りたたまれた紙を取り出した。紙をひらりと広げたエセルバートが皮肉げに笑う。

「あと、神殿に婚約証明書の偽造がばれた。だが、議会や陛下への報告はしないそうだ。俺が石を飲んだことを黙っていればな」

エセルバートが証明書を破り捨てて、腰かけていた机から立ち上がった。

胸元にやっていた手に力をこめて、ミリエルは戸惑ったようにそばに立ったエセルバートを見上げた。その悲しげとでもいうようにひそめられた表情に、嫌な予感が胸をよぎる。

「――婚約者ごっこは終わりだ。振り回して悪かったな」

まるで恋人に愛を囁いているかのように優しげに、そしてどこかほっとしたように、彼はその言葉を告げた。

# エピローグ

暖かな陽差しが降り注いでくる。

樹海から続いているかのようなブランデル邸の裏庭は、その柔らかい春の陽差しに照らされて、下生えの合間に小さな素朴な花を覗かせていた。

ミリエルはそのいびつに切り取られた庭の中央に立って、大きく息を吸いこんだ。

この庭で必死に『暁の女神』の修練をしていた頃の冬の冷たい空気はもうない。春の息吹が感じられる馥郁《ふくいく》とした空気に体が満たされる。

ふいに背後からだれかが近づいてくる気配がした。

「やっぱりここにいたのか」

耳に心地のいい、聞きなれてしまった深みのある声がして、エセルバートが姿を現す。ミリエルはあっという間に緊張感に満たされて、背筋をのばした。

「もう時間ですか？」

「いや、まだもうすこし時間がある」

苦笑して首を横に振ったエセルバートは、いつもの騎士服ではなく盛装よりもすこし砕けた服を身につけていたが、それが汚れそうになるのも気にせずに、広場の隅にあった切り株の上に腰を下ろした。

「なにをしていたんだ？」

「とくにこれといっては……。でも、部屋にいても落ち着かないので」

腹の前で両手を組み合わせて、力をこめる。エセルバートがなんだか微笑《ほほえ》ましそうに頬杖《ほおづえ》をついてこちらを見ているので、なおさら落ち着かない。

「な、なんですか？」

「いや……。婚約証明書の偽造が神殿にばれたと話した時のことを思い出したんだ。あれは本気で痛かったぞ」

かるく自分の頬をさすったエセルバートが苦笑するのに、ミリエルはたちまち真っ赤になった。

「あれは、副隊長が悪いんです！　あんないい方をするから、わたしに叩《たた》かれても仕方がないと思います。——それは、最後まで話を聞かなかったわたしも、すこしは悪いとは思いますけど……」

その時のことを思い出して、おもわず俯《うつむ》く。

『婚約者ごっこってなんですか！　振り回して悪かったたって……。わたしは真剣に悩んでいたのに、あんまりにも身勝手すぎます！』

『……っ。いや、だから、話は最後まで聞け。おまえさえよければ、今度は偽りの婚約じゃなくて、正式な婚約をしてくれないか、といおうとしたんだ』

あの時はあまりのミリエルの剣幕に、アルヴィンがあわてて仲裁に入ってエセルバートを執務室から追い出した。

結局、いまだに返事はしていない。

やはり祖母の遺言の分は果たしてもらえたと思うし、責任感や罪悪感から婚約などしてほしくない。なによりクローディアのことがある。

「ミリエル」

赤面しつつも視線を上げてみると、エセルバートが手招きをした。なんの疑問ももたずに近づいていくと、唐突に両手を取られてしまった。あわてて引き抜こうとしても、びくともしない。必死になって逃れようとしていると、エセルバートが実に楽しそうに肩を震わせて笑った。

「おまえ、すぐにつかまるな。すこしは警戒したらどうだ」

「副隊長だから気が抜けるんです！」

頬を紅潮させて叫び返す。すぐになにかといえばつかまえようとするエセルバートもエセルバートだ。

「痕《あと》が残ったな」

ミリエルの両手を開かせたエセルバートが、その指先や手のひらに残る傷痕をなぞる。レイに砕かれてしまったブローチを握りしめた時に負った傷は、思ったよりも深くてなかなか治らなかった。あの時『暁の女神』を握れたのが不思議なくらいだった。おそらく当分は痕が消えないだろう。

「あの時は必死だったんです」

ミリエルは表情をくもらせた。

あれから崩れた遺跡の下に落ちたレイは、瓦礫《がれき》に埋もれてしまい、見つからなかった。冬の気配が過ぎ去り、春の陽気になってからも捜索《そうさく》を続けていたが、見つからない。ただ、いつも手にしていた水色の傘が黒焦げになって出てきただけだ。その捜索もつい数日前に打ち切られた。

「レイ神官がほんとうに亡くなったのか、いまでも納得できないんです」

遺跡での狂ったように叫んでいた声が聞こえた気がして、ミリエルはじくじくと痛みを訴える胸に手をやった。

自分などよりもレイの身元はたしかなのに、ほとんど面識がなかったせいか、兄だとはいまいち信じきれない。それでも、兄を助けられずに死なせてしまったかもしれないと思うと、たまらなくなる。

「まあ、あいつの望みどおりに『ティル・ナ・ノグ』にたどり着いているのかもしれないな。俺は自ら死に向かいたがるやつの気がしれないが」

かるく目を伏せたエセルバートの声が低く怒りに沈む。レイの境遇が恵まれていたのか、エセルバートの境遇が恵まれていたのか、それはわからない。ただ、エセルバートのいっていたように、囚われていると思いこんでしまえば、とても苦しいものに違いない。

考えるほど息ができなくなりそうで、ミリエルがあえて小さく深呼吸を繰り返していると、エセルバートが大きく嘆息した。

「それでも、いくらあの時は必死で、おまえ自身がやったことでも、この白くて綺麗《きれい》な手に、痕が残るなんて、もったいない」

エセルバートが傷痕に唇を寄せる。指先に感じる吐息と紡《つむ》がれた言葉に、背筋にわけのわからない感覚が駆け上る。鼓動は破裂してしまうのではないかと思うほどに激しい。ミリエルは手を引き抜こうと力をこめた。

「だ、だから、そんなことは恋人のクローディア様にいってあげてください。わたしには……」

「だから冗談でもやめろといっただろう。おまえちっとも俺の話を聞いていないな」

大げさに肩を落としたエセルバートが、じつにいいにくそうに口を開いた。

「本人には口止めされているんだがな、おまえに誤解されてまで黙っていてやる義理はない。――あれは男だ。本名をクロヴィスという、アルヴィンの弟だ」

「……はい？」

いわれたことが理解不能だった。どこからどう見ても綺麗な令嬢にしか見えなかったのに。

停止した思考にエセルバートの嘆息が届く。

「人を着飾るほかに、女装癖《へき》があってな。もう周囲も諦《あきら》めている。アルヴィンなんかはほら、開き直っていただろう。あの姿の時にクロヴィスなんて呼んだら大事だからな、覚えておけよ」

夜会の時のアルヴィンの笑み崩れた様子を思い出す。あれはもしかしたら、言葉は悪いがやけくそだったのだろうか。

「あの……それでいいんですか」

「いいというか、デューク王子に王太子位につかれて、隣国ハイランドに口出しをされるより、何倍もましだ。あの悪癖以外は、クローディアにはなにも問題はない」

どこか疲れたような響きの声に、ミリエルは信じざるをえなかった。

「なんか、大変ですね」

クローディアは恋人ではない。ようやくそれが理解できると、なんとなくこれまであれこれ悩んでいた自分がばかばかしくなってきて、最後に出たのがその言葉だった。

エセルバートが渋い顔をして肩を落とした。

「なんでそんなに他人事《ひとごと》なんだ。その態度だと、俺が『婚約者ごっこ』といった時にあれだけ怒ったことに、自惚れてもいいのかどうかわからなくなる。それに今日だって素直すぎるだろう」

立ち上がったエセルバートに片手を引かれて、その胸に頭を押し付けられる。身に着けていた、夜会の時に着せられたドレスとは別の春らしい淡いすみれ色のドレスの裾《すそ》がさらりと揺れた。

今日はこれからエセルバートの親族に婚約のお披露目《ひろめ》を行うのだ。神殿には偽の婚約だとばれていても、世間的にはまだそのままだ。紹介しろとせっつかれたらしい。それを承諾《しょうだく》したのだ。

「それは、このお屋敷に置いてもらえるんですから……。それに、副隊長がいないと『暁の女神』がちゃんと使えませんし」

エセルバートの顔を見上げられないまま、俯《うつむ》きがちに答える。

あれから『暁の女神』を何度か試してみたが、やはりエセルバートと一緒でないと、本来の力が発揮できなかった。それでも一応は使えるようにはなったので、この春に神殿の査定を受ける予定だ。

「礼がわりだとでもいうのか？」

エセルバートの声にかすかな苛だちがにじんだ。それを受けたミリエルは押し付けられたエセルバートの上着についた手に力をこめて、ゆっくりと睨み見上げた。

「だって、それ以外にわたしができることなんてありません。それなのにどうして副隊長が怒るんですか。副隊長だってわたしのことをどうしたいのか、どう思っているのか、ちゃんといわないじゃないですか！」

「いえるわけがないだろう……っ」

必死の叫びにエセルバートがうめくようにそういい、ミリエルを掻《か》き抱いた。

「偽の婚約証明書でおまえを手に入れて、やたらと甘いことをいって信頼させておきながら、傷つけたのにまだ手放せない。そればかりか、どうすれば許してもらえるのか、もう一度信頼してもらえるのか散々考えても、上《うわ》っ面《つら》な言葉しか出てこない。――これで、いえるわけが、いってもいいわけがないだろう」

痛いほどに抱きしめられたその強さが、苦しい胸の内を語っているような気がした。

いえないのは、自分も同じだ。いってしまって、拒否されて傷つくのが怖い。でも。

「――フィルさんがいっていました」

声が震えないように、ミリエルは腹に力をこめた。それとは逆に抱きしめるエセルバートの力が弱まる。

「自分なんか、とか否定して逃げて自分の気持ちをいわないのは駄目だって。後悔したり喜んだりできるのは、生きているうちだけなんだから、って……。だからわたし――」

「待ってくれ」

「どうしてですか？　聞いてください。わたしは――」

唐突に唇がエセルバートのそれにふさがれる。一度離れたかと思ったが、すぐに眼鏡をはずして首の後ろを両手で柔らかく引き寄せられた。

驚きのあまり立ち尽くしたミリエルの唇を何度かついばむように口づけて、エセルバートはようやく離れた。目が合って、たちまちのうちに口元を覆って赤面する。

「悪い。おまえからいわせるなんてことは、させたくなかったんだ」

赤くなった頬を撫《な》でられる。

「今日の親族への披露は、ほんとうは断ることができたんだ。けど、俺はしたくなかった」

申し訳なさそうに笑ったエセルバートに、ミリエルは戸惑ったように目を瞬《しばた》いた。

「偽りの婚約で始まったのなら、今度は正式なものにしたかったんだ。披露を終えれば、おまえの気がかわってくれるかもしれないと、そんなずるくて自分に都合のいい考えをして」

「どうして――」

ミリエルはなんだか泣きたくなった。

「どうしてそこまでしようとするんですか。祖母の遺言やわたしへの責任感や罪悪感なんかで、そんなことをしないで――」

「おまえが好きで、そばにいてほしいからに決まっているだろう」

額がくっついてしまいそうなほど近くで、エセルバートが言葉を紡ぐ。

「これまでのことをなかったことにできるとは思っていない。いまさら虫のいいことだというのもわかっている。だが、俺がおまえを騙《だま》していたことも承知の上で、初めからやり直させて

ほしいんだ」

エセルバートの表情が、苦しげな切ないものに変わる。

「初めから……？」

いつもの、からかって茶化してくる様子など、微塵《みじん》もない。真摯《しんし》に見つめてくるその瞳から目が離せなくなる。

「――泣かせた分だけ幸せにする。おまえが俺の運命だ。だからこの手を取ってくれ」

深みのある、聞きなれてしまった耳に心地のいい声で哀願するようにいわれて、目を伏せる。

めまいのような幸福感に体が満たされる。

ミリエルは顔を上げて、エセルバートに満面の笑みを向けた。

「はい――エセルバート様」


「それで？　いつまで覗《のぞ》き見をしているつもりだ」

ミリエルが差し出されたエセルバートの手を取った途端、彼は周囲に向けて声を張り上げた。

「え？」

目を見開いてエセルバートが見据える方を見ると、屋敷の建物の陰やぐるりと広場を取り囲む木々の後ろから出てきたのは、城の詰所にいるはずの『棺《ひつぎ》の騎士』たちだった。

眉間《みけん》の皺《しわ》を緩めたアルヴィンがほっとしたように近づいてきたのに、ミリエルは頬を赤らめてあわててエセルバートから離れた。

「覗き見だなど失礼な。気をつかったといってください。それにしても、ようやくまとまってくれて、安心しました」

意味深な笑みを浮かべたアルヴィンが、渋い顔をしたエセルバートにさらりといい返し、ミリエルに目を向けてきた。

「城壁の見回りをするついでに、ひとことくらい祝いの言葉をいいたいというので、皆を連れてきたのですよ」

促《うなが》されるようにそちらに目を向ければ、彼らがわっと歓声を上げた。

「ミリエル、おめでとう」

「うん、やっぱりドレス姿もかわいいなぁ」

「フィルが見たかったって、散々悔しがっているんじゃねえの」

「——ありがとう……」

口々にはやし立ててくる彼らに、頬を紅潮させて礼をいおうと口を開きかけたが、その目の前にエセルバートが割り込んできた。

「そんなに見るな。なんだか減る気がする。これは俺のだ」

抱きすくめるように皆の視線から隠されてしまい、目を丸くする。

「横暴だ！」

「独り占め反対——」

「あんまり嫉妬《しっと》深いとミリエルに嫌われると思います」

「だれだ、最後の言葉をいったのは。さっさと見回りに行け！」

ミリエルを放したエセルバートの怒声に、肩をすくめた彼らは、笑いつつ文句をいいつつも、すぐに屋敷の前の方へと去って行った。

その後にゆっくりと続こうとしたアルヴィンが、ふと思いついたように振り返った。

「そういえばミリエル、いいことを教えてあげましょう。あなたがいま着ているドレスは、クローディアが用意したものではありませんよ」

「え？　違うんですか？」

すみれ色のふわりとしたドレスを上から下まで見下ろし、胸元に手を当てる。正直、この前の真珠色のドレスより、大人っぽくなりすぎないようで、好きだった。

「エセルがあなたのために作らせたものです。自分が用意をしたと知ったら、嫌《いや》がるかもしれないから黙っておく、といっていましたけれども、ただクローディアと張り合ったのを知られたくなかっただけでしょうね」

きょとんと目を瞬いて、エセルバートを見上げると、彼はばつが悪そうな顔をした。

「あとで覚えてろよ、アルヴィン」

恨めしそうなエセルバートの視線を受けてももろともせずに、アルヴィンは小さく会釈をして、他の『棺の騎士』のあとを追っていった。

アルヴィンたちを見送り、再び静けさが戻ってきた裏庭で沈黙したままのエセルバートを見上げたミリエルは、かすかに首を傾《かし》げた。

「副隊長、あの……」

「頼む、なにもいうな。そろそろ時間だろうから、行くぞ」

差し出された腕に、おずおずと手をかけると、逆に力強く引き寄せられた。

よろめいた拍子にエセルバートが耳に口元を寄せてくる。

「愛しているよ、俺の魔女どの」

囁《ささや》きとともに、頬の上でほんのりとしたぬくもりがともった。

# あとがき

はじめまして、またはお久しぶりです。紫月恵里です。

沢山の本の中から、この作品を手に取っていただきましてありがとうございます。

さて、初の洋物です。騎士団ものです。大勢でわいわいとやっているシーンを書くのがすごく楽しかったです。そのせいなのか、ぎっちりと詰め込んでしまいまして、前作に引き続き、今回もあとがきが一ページという……。その分、あとがきに書く内容をそれほど悩まなくて済む、というのがあるかもしれませんが。

そしてご多忙の中、ものすごく美麗な胡蝶の面々を描いていただきました、くまの柚子先生には本当に感謝します！　表紙のあまりの華やかさに圧倒されて、言葉が出ませんでした。騎士服が格好良くて惚れ惚れします……っ。

担当様にも色々とぎりぎりまでご助言をもらいまして、ありがとうございました。様々な方の助けで、どうにか出版するまでにこぎつけることができました！

最後に、読者様に最大級の感謝を。楽しんでもらえると嬉しいです。

それでは、またお目にかかれることを切に願いつつ。

紫月恵里

一迅社文庫アイリス

# ティル・ナ・ノグの棺《ひつぎ》の騎士《きし》
## —ようこそ、愛《いと》しの婚約者《こんやくしゃ》どの—

2013年10月1日　初版発行

著　者■紫月恵里

発行者■杉野庸介

発行所■株式会社一迅社
〒160-0022
東京都新宿区新宿2-5-10
成信ビル8F
電話03-5312-7432(編集)
電話03-5312-6150(販売)

印刷所・製本■大日本印刷株式会社

ＤＴＰ■株式会社三協美術

装　幀■AFTERGLOW



ISBN978-4-7580-4483-7


この本を読んでのご意見
ご感想などをお寄せください。

**おたよりの宛て先**

〒160-0022
東京都新宿区新宿2-5-10
成信ビル8F
株式会社一迅社　ノベル編集部
紫月恵里《しづきえり》 先生・くまの柚子《ゆずこ》 先生